虎啸风生

[俄] 奥列格·尼古拉耶维奇·沃罗诺伊 著
王金玲 主编
武利茹 译

西苑出版社
XIYUAN PUBLISHING HOUSE
·北京·

图书在版编目（CIP）数据

虎啸风生 / (俄罗斯) 奥列格 · 尼古拉耶维奇 · 沃罗诺伊著 ；武利茹译. -- 北京 ：西苑出版社有限公司，2025. 2. -- (俄罗斯经典文学译丛). -- ISBN 978-7-5151-0993-0

Ⅰ. I512.45

中国国家版本馆CIP数据核字第20240GS058号

虎啸风生

HU XIAO FENG SHENG

作　　者	[俄] 奥列格 · 尼古拉耶维奇 · 沃罗诺伊
译　　者	武利茹
责任编辑	汪昊宇
执行编辑	辛小雪
责任校对	杨　超
责任印制	李仕杰
开　　本	880 毫米 ×1230 毫米　1/32
印　　张	8.25
字　　数	176 千字
版　　次	2025 年 2 月第 1 版
印　　次	2025 年 2 月第 1 次印刷
印　　刷	三河市嘉科万达彩色印刷有限公司
书　　号	ISBN 978-7-5151-0993-0
定　　价	56.80 元

出版发行	**西苑出版社有限公司** 北京市朝阳区利泽东二路3号　邮编：100102
发 行 部	（010）84254364
编 辑 部	（010）64210080
总 编 室	（010）88636419
电子邮箱	xiyuanpub@163.com
法律顾问	北京植德律师事务所（电话）17600603461

目　录

我是一个俄罗斯女人

“哎，哎，哎，小伙子们！快把水桶放下！要是什么事都有人替我干，我就活不到 82 岁了！水我自己能拎！我自己能行！”

我咧着嘴站在院子中央，惊讶得不知道该说什么好。这时候能说什么呢？一个 82 岁的女人还能自己给浴房烧水，还能为我们三个年轻力壮的小伙子拎洗澡水，什么事情都不用别人帮忙，就更别说搬柴火或者拎水这样的事情了！这样的女人怎么能称得上“老奶奶”呢？她就是这样的一个女人！

“你们去洗澡吧！”

唉，这个小浴房可真是不怎么样啊！简直是又旧又破——地板有好几处都塌陷下去了，炉子也裂了缝，天花板耷拉着，还闷不透风！想必是和女主人一样的年纪了。我喜欢细致地观察各种旧物件，分析它们经历了怎样的岁月洗礼，时光给它们留下了怎样的印记，我尤其感兴趣的是从这些老物件中可以看到它们主人的生活痕迹。生活时间久了，和主人相似的不仅仅是小猫、小狗，还有他们的屋子和浴房。这间浴房已经被使用得太久了，炉子上砌入一个古老的大铁锅，铁锅的侧面可能还有革命前的生产印记“ять”。黑漆漆的蒸浴床用的不是木条，而是用小木块拼接而成，然后再用斧头一下一下砍平的。当时制作这个蒸浴床时，房主手边应该没有锯子和刨子。真想知道为什么会没有这些工具！装冷水的木桶也是用一整段椴树根凿出来的。已经很久没人这样做木桶了。椴木桶虽然立在又潮又湿的地方，但不知道为什么它的底部却没有腐烂。难道是蜂蜜的缘故吗？我还记得，小时候我爷爷讲过，把树木截成这样的树墩，是为了运输与存储蜂蜜，但是如果想要长期储存，就要在树墩表面涂上一层蜂蜡。再一看，钉入墙里的钉子也有年头了，只有以前的铁匠才会做出这样的四棱钉。门环也绝对是铁匠的纯手工工艺，是用铁条硬扭出来的环形。只有以前的铁匠才会做出来这样的东西！简朴、牢固、美观，是永远也用不坏的东西！

我们洗得汗如雨下，毛孔尽开，叶夫罗西尼娅·费多托夫娜让我们坐到桌旁，给我们端来表面漂着一层油的红甜菜汤。

“哎呀，太好喝了！”我们对这道红甜菜汤赞不绝口。

“家里没有腌制猪油[1]了！”女主人抱怨着，“商店里卖的也能算得上腌制猪油吗？那简直就是肥皂，而不是腌制猪油！现在的人什么也不会做，连猪油也不会腌制了！”

“如果有‘士力架’，谁还会吃什么猪油啊，我的老奶奶。如果将来这些老奶奶和体格彪悍的女人饭后不吃腌制猪油，而改成吃‘士力架’了，会怎么样？”我的脑海里突然闪过这样一个想法。

“‘士力架’可不是好东西！太不健康了！以前是因为战争男

---

1 指用盐腌制的带肉皮的猪肉肥膘，在烤箱里烤制后切片夹在面包里吃。这是俄罗斯人很喜欢吃的食物。——译者注

人们都死了，可现在却是因为这个‘士力架’男人们才活不长的。”女主人仿佛猜透我心思似的说道。她说完就陷入了沉思。

屋里有许多旧照片，照片上都是一些年轻人，小伙子们都穿着军装，女人们都戴着头巾。

“叶夫罗西尼娅·费多托夫娜，您一个人这样生活很久了吗？”

“很久了！我丈夫去了战场，就再也没回来，我是一个人把孩子们拉扯大的。后来，儿子们也死了。一个被汽车轧死了，另一个在军队里受到了辐射，也死了，他俩给我留了几个孙子。我还有一个女儿，也成家了。他们经常来看我，来我这儿做客。他们怎么能不来呢？还有谁能给他们讲俄罗斯人遭遇的苦难呢？……”她再次陷入了沉思。

“叶夫罗西尼娅·费多托夫娜，我们帮您修补一下篱笆吧，就是那个已经倒了的篱笆，好吗？”我们不知道还能以怎样的方式来回报这位女主人了。

“不要动它，小伙子们，留着它是用来纪念老虎的。”

“纪念老虎？这儿还来过老虎吗？！”

“来过。还咬伤了我的猪呢！我那时养了四头猪，还有鹅和鸡。它是晚上来的，我都已经准备要睡觉了。一开始是鹅大声地叫，然后我就听见猪在嚎叫。我当时以为是狼爬进来了，便气不打一处来，来到棚子里，随手抓起一个木棒子，就把它打了一通！要认出它来很容易，我的猪都是白色的，而它是深色的。我就照它脑袋不停地打，而它突然咆哮了一声，把我吓得一屁股坐到了地上……”

“叶夫罗西尼娅·费多托夫娜，那是一只小虎崽吗？”

“不，不，不，个头很大。我养的猪平均一头150公斤重，而它有两头猪那么大。”

“叶夫罗西尼娅·费多托夫娜，我想问您一下，如果您发现它不是狼，还会继续打它吗？”

“即使发现了是虎，我也会打的。我说过我生气了。我可是一个俄罗斯女人呢！”

“英雄”母亲

“给母虎脖子套上无线电雷达项圈并不难，关键是要先找到小虎崽。冬天在林中巡视时，只要发现小虎崽的踪迹，就赶紧坐上直升机，在林子上空寻找。从空中向下看，甚至可以清楚地看见雪地上的小松鼠。发现小虎崽之后，尽可能地将直升机下降到最低处，小虎崽根本不懂躲避直升机，这时就可以向它们开麻醉枪，然后顺着软梯下来接近它们，给睡着的小虎崽戴上无线电雷达项圈，或者立即爬到树上等母虎回来，或者通过卫星雷达系统将小虎崽的位置精准定位到一米之内。你只要知道小虎崽在哪里，找到母虎的踪迹也就不难了。”

但是我已经退出了这个项目，我不忍心看到小虎崽死前害怕的样子。一起离开的，还有我的朋友，他的工作内容与捕熊有关。

您没听说过人们也曾给熊戴过项圈吗？顺便说一句，尽管熊分布很广、数量很多，但对它们的研究很少。使用无线电雷达项圈跟踪熊的项目在跟踪老虎的项目之前就已经开展了。但与老虎不同的是，熊无法忍受自己脖子上戴着项圈。戴着项圈的老虎可以四处走动，而熊绝对戴不了这东西！它费尽九牛二虎之力，也一定要挣脱掉项圈！人们实在是为此伤透了脑筋，后来想到一个办法，是把无线电发射装置缝入它们的腹部。而我的朋友无法忍受对待动物的这种态度。当然问题并不在于腹部或者什么其他部位，而在于人们用套子套住了熊，就像套住了老虎和豹一样。但是，如果说老虎和豹被套上套子之后表现得还算平静，那么熊则会在科学家们收到无线信号之后赶到熊所在位置的一小时之内想方设法地挣脱掉套子。熊对自由的渴望程度如此之大，真是令人惊讶不已！它会变得狂躁不安，疯狂地破坏能接触到的一切东西，用力撕扯套在熊掌上的套子，它甚至会咬烂这只熊掌，咬掉自己的指头！而没了熊掌的熊，那跟死了没什么区别。没有熊掌它就无法觅食，开始吃不饱，然后就溜进村子，咬死家畜，它在自己最后死之前会制造出很多麻烦。所以，我的朋友与人大吵之后便放弃了这个惨无人道的项目，他最后去了拉佐夫斯基自然保护区。他在那儿干起了修补被破坏的熊窝的事情。

您没听说过吗？报纸上报道过这样一件事。猎人们为了抓到冬眠时藏在大树洞里的黑熊，会从树洞下方开一个窟窿，然后往窟窿里熏烟，把熊熏出来之后，就会杀死它。可这个窟窿在后来却没有被封上。熊不喜欢从窟窿里钻进来的过堂风，也不喜欢躺在有窟窿的熊窝里。正因为熊没有能过冬的地方，所以熊才变得越来越少了。我的朋友在泰加林里四处巡视，发现有被破坏的熊窝就去修补一下。听说，他后来还试着在篱笆墙上通上电流，来防止熊去养蜂场偷蜂蜜。

所以现在当我看到受惊吓的小虎崽时，就开始猜想采用这个方法是不是错误的。当然了，科学需要有所牺牲。当然也可以采取其他方法，但是其他方法现在还不可取，虽然这样做让我良心上无法接受。人类对大自然进行了各种试验，先是在泰加林里乱砍滥伐，致使老虎越来越少，然后是驾驶直升机追赶仅存的老虎，只为了给它们戴上项圈进行研究。

3 年前人们找到了几只小虎崽，直升机悬停在它们的上空，它们躲藏在一棵倾斜的大树下面。直升机里的人刚把软梯放下来开始往下爬的时候，母虎就疯狂地跑过来了！它跑来救自己的小虎崽！

母虎跑过来以后就爬上了树！它爬到树顶就开始使劲挥动着爪子，意思是：直升机！滚开！

最后，我们还是给这一窝老虎都戴上了项圈，开始昼夜监控它们的活动。我们给这只母虎起名为“英雄”。但是无线电雷达项圈依然没能把它们从偷猎者的手里解救出来。他们打死了老虎，把项圈挂在了圆木上，然后把圆木推进河里，让它顺流而下，这样做的目的就是让别人发现不了任何偷猎痕迹。

关于雌性动物的英勇行为曾有过很多报道。它们和女人们一样，在救自己的孩子时能够在瞬间爆发出神奇的力量、勇气和灵活性。而我经常会想起这只“英雄”母虎，想起它是如何不惧直升机的轰隆声的，是如何不在意螺旋桨转动时发出的狂风的，是如何爬到树顶为自己的孩子们驱赶那个庞然大物的！它是一位真正的英雄母亲！

什么是美

“伊里伊奇，你女儿漂亮吗？”

“她很年轻。”

“漂亮吗？”

“她很年轻。”

“伊里伊奇，你怎么了？难道不能用漂亮评价自己的女儿吗？”

“我已经说了，她很年轻。”

“那我不明白，你说的‘年轻’是什么意思呢？”

“那是因为我自己还年轻啊。而年轻就代表着美丽，就代表着有吸引力。我女儿也是这样，年轻就代表着招人喜欢。而当她年满 40 岁左右时，我再告诉你，她漂亮还是不漂亮。你也知道，女人生完孩子之后外表都会变形。或者是得了什么重病，让她们胖得不成样子，变成了‘永远的孕妇’。或者只是她们自己不再关注自己的外表——‘如果这个男人爱我，那就不会嫌弃我’。或许他不会嫌弃你的臃肿，只是你们要怎么一起生活呢？要知道，肚腩和美丽是不能并存的，而是互相排斥的。俗话说‘瘦使人年轻，胖使人衰老’，同样，一个人年轻时拥有漂亮的大眼睛，当他老了的时候，就会变得极其难看。‘每一个老巫婆年轻时都曾是一条美人鱼。’”

伊里伊奇，55岁左右，头发已经斑白，额头上留着一缕刘海儿，身材干瘦，行动敏捷，坐在猎人冬天打猎歇脚的小木屋窗户旁，缝补着一双有破洞的毛袜子，不时地看着窗外的鹅毛大雪。额前那缕刘海儿也随着他说话的节奏一颤一颤的，而窗外一直飘落着的美丽雪花则向我们倾诉着绵长冬天里雪的童话。

“这也就是说，”伊里伊奇继续说道，“‘瘦使人年轻’，年轻才使人更有吸引力，年轻才使人更漂亮。虽然说‘萝卜青菜各有所爱’，但是……”他透过眼镜片，努力地给手里的针穿上新线，你还别说，他一下子就穿上了。他很是得意的样子，晃了一下刘海儿，接着说：“不管怎么说，喜欢女人胖得发圆的男人总比喜欢女人优雅、灵活和婀娜多姿的男人要少得多。”

“这难道已经成为公认的事实了吗？”

“大多数人都喜欢的，让大多数人都感觉赏心悦目的就是对的。而大多数人都喜欢苗条的。苗条的就是健康的。我和大多数人的观点一致。我也试过改变自己的观点，但是无济于事。是的，我不能接受没有腰的女人。我讨厌拥抱女人的时候，手掌感受到的不是柔软的皮肤、苗条的身段，而是一堆肥肉。我心里和理性上虽然明白，这是一个善良贤惠的好女人，但是我的视觉和我的手感却做出坚决的反抗。如果你不欣赏对方、不想拥抱对方，那么，两个人怎么能生活在一起呢？同样的观点也适用于大肚子的男人。要知道，在他们肚子里的不是空气，而是大约25公斤重的垃圾！自己身体里带着两桶粪便一样的东西！就更别提和超重有关的疾病有多少了！

“艺术家也是这样。有‘古典派’，有‘先锋派’。古典派，即使在‘以胖为美’的时期，也没人画有大肚腩的女人。而先锋派则无所不画，甚至是良莠不分，经常鱼目混珠，把丑的当作美的。看，他们是如此的‘标新立异’，他们因别人不理解而得到自我满足。他们会以一种自以为是的方式解释自己的看法，他们会说‘你们太幼稚了，你们还没达到能理解我的绘画的高度’。但是当你冷静地观察他们的古怪作品之后你就会发现，你根本看不出他们作品里的逻辑性，更看不出他们弘扬了什么善良正义的东西，而关于负面的、邪恶的东西却在他们所谓的‘杰作’里比比皆是。但是在现实生活里，美和善良原本就是如影随形的。当丑陋（包括民主）成为一种时尚，人们已经接受了‘丑陋规则’的时候，那么世界就要大乱了！”

伊里伊奇把手里的线打了个结，把线咬断，眯着眼睛，审视着自己的针线活，心满意足地晃了一下刘海儿，继续说道：

“费奥多尔·陀思妥耶夫斯基在《卡拉马佐夫兄弟》中写道:‘如果美是善良的，那么它能拯救世界。但是美是善良的吗？’说得对。至理名言！就拿大自然来说吧，以泰加林为例。其中有什么不美的事物吗？当然没有。泰加林里的一切都是美的——不管是植物、动物，还是石头、岩石，甚至是倒木连根拔起的根茎。森林里的一切，所有的一切都是美的！为什么呢？正是因为生物在进化过程中选择出来的都是最健康、最适合、最稳定、最强壮、最结实、最美丽的。”

“那么谁是泰加林中最漂亮的呢？”

“当然是老虎！我说的并不是普通的老虎，而是年轻的母虎。它姿态优美，毛色纯正，美得极致！的的确确，这是一种无法形容的美！这是原始自然的杰作！美中之最美！

“你自己来评判吧！你看它身上有多少种颜色组合——红黄色组合、白黑色组合！你再看看它那体型！它的身体又是多么柔韧、强壮、匀称！它的腿是多么刚劲有力！再看看它的头……多么匀称圆润，没有什么地方突出，也没什么地方隆起。它的耳朵不大，嘴和狼嘴或熊嘴一样长在脸的前部，但不是噘着的。耳朵从前面看是白色的，从后面看是黑色的，但有一些明显的小白点，即使在黑暗中小虎崽们也能看到这些小白点。从两眼之间开始直到后脑勺有一个黑长条，与脑袋两侧的小条一起形成一种图案，非常像大大的漂亮汉字，表示‘王’‘正’‘君’等意思。

“上嘴唇及下嘴唇、下巴、咽喉、胸部和肚子都是白色的。而上嘴唇边、下嘴唇边以及嘴角又是黑色的……”

伊里伊奇眯起了眼睛，绘声绘色地描述着老虎的外形，一边挥动着手臂，一边用手指比画着，头向后仰着，刘海儿也不时晃动着，仿佛一位雕塑家或是写生画家突发创作灵感一样。

“再说说老虎的尾巴……老虎的尾巴不长、不短、不粗、不细，身体比例很完美。从不同的角度来看，老虎尾巴的颜色也不尽相同。从上面看，尾巴经常是背部的颜色，而从下面看，尾巴则是腹部的色调。整条尾巴都是带条纹的，条纹有的宽，有的窄。有的老虎的尾巴是全棕红色和全白色的，但尾巴尖一定是黑色的。尾巴不仅是在起伏不平的地方急速跳跃时很必需的平衡杆，也是显示老虎心情的指示器……”

伊里伊奇停顿了一下，他走到窗户旁边，看着天上飘浮的云朵，恋恋不舍地看着，慢慢地从窗口离开，迅速地看了我一眼，长舒了一口气，继续说道：

“老虎有着浓密的触须，又蓬松又长，它们与老虎的胸部同宽。在黑暗中，老虎可以钻进茂密的草丛中，用触须来感知自己前方空间的大小。

“老虎那急促的呼吸，充满遐思的、深远而明亮的目光，令人提心吊胆、汗毛竖立的爪子……

“虎爪整体上是白色的，脚后跟光秃发黑，指尖淡黄发亮，又长又尖又硬。就像所有的猫科动物一样，老虎的爪子缩入爪鞘。它的鼻尖永远是粉红色的，鼻子周围是黑色的。面颊上是茂密的触须，雄性老虎的触须尤其茂密。眼睛上方是白色斑点和一些黑色条纹。从远处就可以根据这些条纹一下子区分出野兽的种类。”

伊里伊奇若有所思，他的手指紧紧闭拢，在桌子的边缘敲打着某种异国风情的节奏，最后用指关节敲了一下，张开手指，用指尖抚平了褶皱的桌布。

“再说说老虎的眼睛……老虎的眼睛也非常漂亮。圆形虹膜，呈现出不同深浅程度的黄色：从柠檬黄到……到浅黄绿色和冷绿色，具体的眼睛颜色随心情而改变。深不可测的圆形黑色瞳孔，在狂怒时急剧扩大并发出愤怒的目光。总之……”

伊里伊奇沉默了一会儿，一边皱着眉头，一边回忆着。他突然跳了起来，把手够到书架上，找到一本他需要的书，一页一页地翻了起来，把书翻得唰唰响。

“总之，没有比伊利亚·谢尔文斯基描写老虎描写得更好的了。听！”

……在草丛中，在草原的地平线
突然闪过一道模糊的轮廓，
金色的，像晚霞般，触须茂密，
像太阳一样，那是老虎的脸。

伊里伊奇激动地手舞足蹈起来，他表情丰富、抑扬顿挫地诵读着诗歌。

夏日骄阳炙烤之后，
它如同金色的石头，被描画上黑线，
它像龙一样，飞也似的离开庙宇，
越过重峦叠嶂，冲下山岗……
时而停下，左顾右望，
猛地甩一下尾巴，
又重新晃动它沉重的身躯，
在无垠的天际，在山岗间跳跃。
时而慵懒，像一面随风摆动的旗帜，
它慢慢地靠近我们……

树枝间挂着红色碎布，
它在远离爱好和平的居民。
在佛教的庙宇中
它像上帝一样被颂扬：伟大山神！
传说中的它能喷火
曾是中国各朝各代的统帅。
聒噪的寒鸦在它头上盘旋，
它的低吼像黑色的音符，
它已渐近老境，但还未衰老，
它俨然已是一具尸体？
遗憾的是，所有的生命终将会消亡，
唉，它只是在蓄势待发。
它迈着军步向山下走去，
肩膀向前耸动着；
它走着，眼睛窥探着沟壑
鹿群在哪里
它们在水边饮水，
不时传来鹿的叫声……

“怎么样？描写得多么美啊！这就是艺术！这就是诗歌！任何人都会惊叹，任何人都应思索，任何人都会关注。这就是语言之美。这就是生活之美。这就是美！”

泰加林里的幸福女人

（致加琳娜、伊琳娜及其他俄罗斯女人）

“咚咚！咚咚！咚咚！林神，我把糖果献给您，请赐予我人参吧！”

“咚咚！咚咚！咚咚！林神，我把饼干献给您，请赐予我人参吧！”

“咚咚！咚咚！咚咚！林神，我把巧克力献给您，请赐予我人参吧！”

一个女人走到一个老椴树树洞前，不时地用棒槌轻轻敲击着树干，一边念念有词地说着什么，一边往树洞里放入自己带来的献礼。

我站在一棵粗壮而有点歪斜的白桦树旁，仔细观察着树干上被一只大老虎的爪子挠出的深深爪痕。它不止一次地跳跃到两米半多的高度给自己所栖息的树做上记号。这些爪痕应该是它刚刚留下的记号，虽然已被风吹干了。看得出，这只老虎经常走到这棵歪斜的白桦树下，用它的胡须蹭蹭树干，给自己的身体两侧挠挠痒。因为树皮的缝隙处还挂着 3 种颜色的虎毛——白色、棕黄色和黑色，树上散发着很浓的猫科动物身上的气味，树的旁边也明显有老虎留下的痕迹——它在树叶子上打过滚，并把它们扒拉成一堆堆的。

这时，我的身边传来了一阵沙沙声，还有树枝被踩断发出的咔嚓声，从树丛里径直向我走来一个泰加林里的挖参人。他和我打了个招呼，我们坐到了一棵倒木上攀谈起来。

他的女人也走了过来，在我们的旁边坐下了，好奇地听着我们聊天。而我们的话题就像渐渐燃起的火苗一样从一个跳跃到另一个，但不论哪个话题都与泰加林里的生活密切相关。而当我问道“女人在泰加林里能干什么”，这个挖参人突然满脸通红，勃然大怒起来。

“那你可说错了，她本不想和我来泰加林！”挖参人丝毫没有掩饰自己的激动，开始滔滔不绝地说了起来。他接下来关于泰加林的讲述其实都是关于这个不同寻常的女人的。

“是的，我不想来，是他用酒把我灌多了，这个混蛋！然后就怂恿我来泰加林，那是我第一次来这里。他当时还带了一瓶红酒，我一走累了，他就倒上一点红酒鼓励我，就这样，他把我拽进了泰加林里。”那个女人突然插话道，“要知道我可是个城里人。蚊子、蠓虫、虱子和野兽这些东西我都怕。而他呢，感觉到自己会病得很严重，而且一旦病倒就会长时间来不了这里，所以就特别执拗地带我进泰加林，教我学会了各种挖参技能。这不，现在这些都派上用场了。我已经在泰加林里挖人参挖了八年，挣钱给我丈夫治病，谢天谢地，他总算是痊愈了。而现在呢，我自己主动要来泰加林，这里的一切都吸引着我，我已经离不开这里了……”

“如果能挖到人参，谁不愿意来啊？更别说她挖人参已经成瘾了！”男人以极为自豪而羡慕的语气炫耀道，“这里遍地都是人参！前年我开车从泰加林里运回来一些土打算种西红柿，就把土倒在了菜园子里。她开始栽种西红柿的时候，竟然在这堆土里找到了一棵人参！

“有一次，我们全家去海边游泳，她在海里也有收获！她竟然在海里也找到了一棵人参！应该是下大雨的时候，河水漫过岸边，最后把人参冲进了海里。它在海水里漂浮着，海浪又把它冲上了岸，直接冲到了她的脚下！

“这时再说说她是怎么学会钓鱼的。她这辈子只是在休息的时候偶尔在小河边拿着鱼竿坐坐，但每次都能钓到很多。后来有一次，一个大学同学邀请我们去萨哈林岛[1]上做植物考察，要走遍全岛来采集种子准备育种。她说：‘我去，就这么定了。’我说：‘那好吧，你去吧。但我得教会你用绞竿钓鱼。’萨哈林岛毕竟是钓鱼爱好者的天堂。我把绞竿放到她手里，从鱼钩上摘下金属片，给她演示了一下怎么握竿，怎么甩钩，怎么缠绕鱼线。我说：‘给，你拿着，你在屋前的空地上练习练习。’可人家倒好，在院子里甩了两次，就说：‘你带我去小河边练练吧。’我说：‘那好吧，那就走吧。’于是我们走到了小河边。我选了一个比较干净、空旷的地方，给她演示了应该怎样甩钩，冲着哪里甩钩，鱼钩在水里沿什么方向行走，金属片应在鱼钩的什么位置等——总之，演示了全过程。然后我说：‘你站在这儿好好练练，准确地甩出鱼钩，不要让钓鱼线被缠住。’说完我自己就去浅滩了，想试试新鱼钩好不好用。可她却不同意，仅练习了两次甩鱼钩，就向浅滩走去。她这是要去

1 俄罗斯太平洋沿岸最大岛屿。原属中国，传统名称“库页岛”。——编者注

哪儿啊？气得我浑身发抖，那就随她去吧！‘你要是被鱼钩带到水里，我可不下去救你。’她说：‘不，我就想待在这儿。’我简直要抓狂了，便向更高的地方走去。我站在那儿心里很生气，暗想：这就是上帝赐给我的妻子，她要是确定了想干什么就得去干，十头牛都拉不回来。这时我打量着自己眼前的鱼钩想，现在该摘下鱼钩了吗？还是不该摘下鱼钩呢？我可是刚刚挂上一个专门捕鱼的鱼钩啊，扯断它怪可惜的。之后我朝她的方向看了一眼，哇，我简直不敢相信自己的眼睛！她在往上拉拽着什么？！是一条大鱼！于是我放下了自己手里的东西飞快地往她那儿跑，边跑边喊：‘别着急！慢慢往上拽！’我还是晚了一步！这是一条大个的细鳞鱼，一碰到浅滩就开始胡乱扑腾起来，最后扑腾到了深水处……跑了！唉，跑就跑了吧，毕竟，一个女绞竿钓鱼手已经培养出来了。

“她去了一趟萨哈林岛，竟然‘远超’那些经验丰富的老钓手，她回来之后，就开始热衷于钓鱼了！她说，她想学钓茴鱼。嗯，好吧，我教了她一两次，她竟然就钓到茴鱼了，这么快就学会了。

“第二年，她说：‘我想钓到上次挣脱掉的那种细鳞鱼。’而这种鱼有半米多长呢。她说，小鱼她已经钓腻了。那好吧，我们就去了一趟离这里不远的地方，她就钓了一条又一条。她又学会了。

“第三年，她又说：‘我想学习钓深红色的鲑鳟鱼，也就是马苏大麻哈鱼 。’那好吧，我选了个合适的时间就带她过去了。我们到了目的地以后，我问她：‘你要顺着哪个河道走？’那里的河水分岔了。她转了转脑袋，说：‘我要去那里。’‘那儿怎么过去？那里到处都是石块，岸边长满了小柳树，走不到有水坑的地方，也没地方可以走。’‘不行，我就要去那里！’‘那你自己去吧。我绕着这个小岛走，20分钟后我从岛的对面接你……’

“20分钟后，我悄悄地走近柳树林，听到了啜泣声！

“‘哎！你怎么了？’

“‘哦，可怜可怜我吧！’她扑到了我的怀里。

“‘怎么了？怎么了？’

“‘是这样的，我钓到了一条鲑鳟鱼……也拽上来了……把它撒到了树丛里……我抱起了它……可是它……它的鱼尾扫到了我的鼻子！我就把它弄掉到水里去了！’

“我看了看她，她没瞎说，她全身都沾满了鱼鳞。

“‘不管怎么说你都是好样的！你毕竟是钓到鱼了呀！’

“第二天，天还没亮呢，她说：‘你再带我去那个地方，我这次一定要真的把它钓上来。’好吧，那就去吧。我们又来到了那个说好的地方，她直接走了过去，我又绕着这个小岛走了20分钟才走到她钓鱼的那个地方，当我靠近柳树丛时，又听到了她的哭声！

“‘又怎么了？’

“‘哦，可怜可怜我吧！’她再次扑到我胸前号啕大哭起来。

“‘这又怎么了？’

“‘你看！’她张开嘴，一颗门牙没了。

“‘奶奶个熊！到底发生什么了？’

“‘它……把我……我……把它……’

“我一看，又是一身的鱼鳞！……

“原来，她钓到了一条大鱼，把它拖到了被水淹没的柳树丛里，这时钓鱼线突然断了，于是被鱼钩钩住鱼唇的大鱼开始逃脱。情急之下她向大鱼扑了过去，也不知道在哪儿踩到了什么，脚下一滑，被绊了一下，摔倒了，磕掉了自己的一颗牙，而那条被鱼钩钩住的大鱼却逃之夭夭了……

“我寻思这之后她会消停的。本不该再折腾了吧！毕竟已经失败两次了！没想到人家又开始看与钓鱼相关的杂志，试过各种捕鱼的方法，琢磨各种渔具，钓各种类型的鱼，研究所有的钓法。无论寒暑！热情不减！情绪高涨！

“你问她打猎怎么样吗？她简直是一个‘幸运女神’。我的泰加林女神就应该生活在林子里。她的身上有一种魔力，走到哪里动物就跟她到哪里，包括鹿、野猪、熊、老虎，总之各种动物！哪怕是冬天她坐在泰加林里的篝火旁给双脚取暖、把鞋烘干的时候，还跑过来一只黑貂！不是从她旁边跑过去，而是直接跑到她取暖的脚边，凑在篝火旁！……我赶来篝火旁的时候，那里还有刚留下的黑貂脚印呢！

“挖人参时也是这样。她的预测每次都很准。如果她听到老虎的叫声，或者看到老虎，或者只是感觉到老虎的气味，那么她的旁边一定会有人参！已经有十几次这样的事了！……”

“泰加林女神……泰加林里的幸运女人……”他以不同的称呼充满柔情地说道。这个泰加林里的挖参人一直用充满爱意与好奇的目光打量着自己身材匀称的妻子，就如同好久未见，终于又重新见到她，对这样的幸福反而有些难以置信一样。

他深吸了一口气后，站起来和我告别，对我说了一些祝福话，然后拥着妻子，两个人一起向树丛里走去。

这对幸福的人儿的脚步声还在我的耳边久久回荡，周围又响起了树枝的咔嚓声，然后是棒槌的敲击声：“咚咚！你在哪儿？咚咚！我就在你身边。咚咚！你在哪儿啊？咚咚！我就在你身边。”

而我一直坐在这里，贪婪地呼吸着泰加林的气息，不厌其烦地看着树丛与天空，一次又一次地看。无论我看向哪里，我都能看到那对夫妇流露着幸福的炯炯发光的眼睛。我亲眼见到了这种神秘又简单、遥远又亲近、艰难又轻松的幸福！只要你轻轻一碰，就能唾手可得！——这就是人类最简单的幸福！

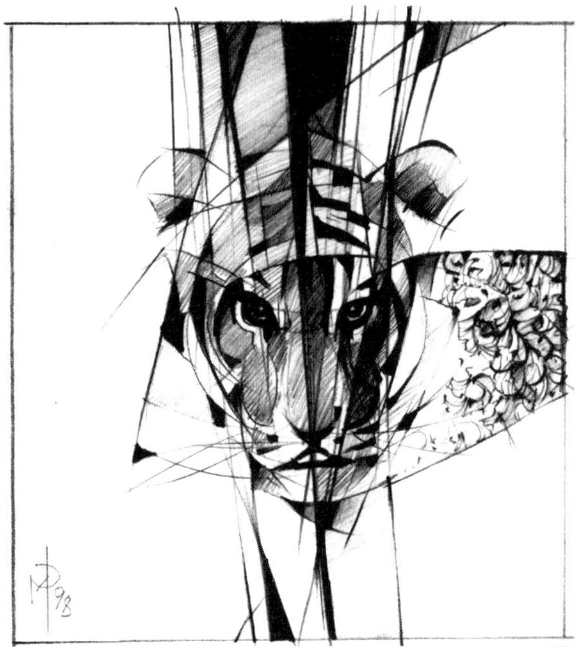

“百兽之王”

这是1991年深秋的一个静谧而温煦的夜晚。就在前一天，滨海边疆区的泰加林里狂风大作，肆虐的风吹得枝叶剧烈地颤动着，过早地吹落了泰加林里还未落尽的树叶。整个泰加林里风声猎猎，最初是暴雨如注，转瞬间就变成了雨夹雪。风势并没有减弱，被风雪压弯的树枝猛地挺起身，抖落掉枝头上那些白白的、冷冷的、黏黏的重负。还不到下雪的时候呢，今年的雪来得真不是时候！用槭木点燃的篝火已不再熊熊燃烧，古老的橡树也不再喃喃地讲述动听的故事，蝴蝶和蚊子在温煦的空中飞舞着，小水洼和湖泊的表面并没有冻成冰，大地还没有散发出浓郁的泥土气息。树枝上的白雪一块块地掉落到地面上。鸟儿们叽叽喳喳地叫个不停：“冬天还没来呢，还早呢！不用着急南飞！”泰加林里的每一位成员都以自己的方式清除着这些不请自来的雪花。趁着天气还不是那么冷，蜘蛛解下了自己最细的丝，蚊子在白雪上爬着，眼睛里黯淡无光，身上也被晒成了纯黑的颜色。树木匆忙抖落掉枝头上的白雪，枝头上的寒意也随之消退，随后也抖落掉了残叶。一块山岩被雪水浸湿了，颜色有些发暗，它依偎在山岗子一侧，好像被太阳晒得舒舒服服、昏昏欲睡。

突然之间，这晴朗的天好像迸发出新的活力。那块山岩上突然闪现出一只金灿灿的老虎，它好像知道自己无与伦比，傲然地站在山岩之上。这就是“百兽之王”！在这只老虎金色光芒的映照下，整个世界都变得黯然失色。在此之前骄傲懒散的太阳已开始慌乱起来，它闪烁着光芒，在山岗子之间寻觅着可以过夜的合适而又隐秘的谷地。它现在还能干什么呢？只不过还能再发一会儿光，再发一会儿热，还能怎样呢？而泰加林真正的主宰者却是它——站在山岩上的那只老虎。试问这个世界上还有谁能拥有如此耀眼的金色光芒呢？没有！无论是天上还是地上！试问万物生灵中有谁能被如此膜拜、如此敬畏、如此赞美，还有谁能被这个星球上的这么多人创作出如此多的传奇故事呢？绝无仅有！绝大多数人最敬畏的便是老虎，许多人都想拥有老虎一般的品质。或许是因为，有人想拥有老虎美丽的外表！？或许是因为，有人喜欢像老虎一样威严！？或许是因为，有人想像老虎一样成为永远不败的王者！？

吉尼斯世界纪录

《吉尼斯世界纪录大全》：自然世界——动物世界——哺乳动物——猛兽——最大型猛兽——最大的猫科动物——受法律保护的阿穆尔虎。阿穆尔虎，即西伯利亚虎，也称东北虎。一只成年公虎平均身长 3.15 米（从鼻头到尾尖的长度），高 99 ~ 107 厘米，体重约 265 千克，1950 年在俄罗斯滨海边疆区锡霍特 - 阿林山脉自然保护区被打死的一只公虎重达 384 千克。这就是上述《吉尼斯世界纪录大全》一书中对阿穆尔虎的全部介绍！！！

可它是最漂亮的、最强壮的、最凶猛的动物，《吉尼斯世界纪录大全》中怎么一个这样的字眼也没有呢？

格拉兹科夫卡镇坐落在日本海沿岸，临近拉佐夫斯基自然保护区，它曾在苏联时期誉满天下。那还用说嘛！要知道，在这个镇子里有全苏共青团建筑工地、鱼类加工厂、鱼苗养殖场、水产养殖基地。来自全国各地的年轻学者和希望在一个具有异国风情的地方建设美好生活的理想主义者们纷纷聚集到这里。他们建设了，但并没有建设完，因为 1985—1991 年间苏联发生了根本性“改革”。他们只建好了几栋三层多的住宅楼、一条街道（街道两侧盖上了两居室住房）、一所学校、一个锅炉房、一个俱乐部、一个邮局、一个渔场及其辅助车间，还建了鱼苗养殖场，但只往里面投放了几次鲑鳟鱼鱼苗，就再也没有下文了。

国家既不需要鱼，也不需要海带，不需要你从海里费力捕获到的任何美味珍馐。你们就自己拯救自己吧！于是有些人放弃了这里的一切，回到了位于欧洲地域的家乡，还有一些人则选择留了下来。留下来的都是对泰加林和大海有深厚感情的那些人。他们一共有 50 个家庭，这里没有电话，因为当时的建设者们还没来得及铺设电缆；这里没有直流电，因为建设者们还没来得及架设电线杆。他们都是富有爱国主义精神的理想主义者。更何况爱国主义者和理想主义者的鲜明的历史性榜样都历历在目。

格拉茨科夫卡住在阿法纳西·波诺索夫镇，十月革命前他创建了这个镇子，他是一个在东正教背景下信奉旧教派的人，也是一个非常了不起的人。他能在很短的时间内解决各种问题，现在人们想起他时，仍对他赞不绝口。像什么马、牛、房子、耕地之类的问题，对他来说都是小菜一碟。而养鹿业、捕鱼业、采参业、淘金业和狩猎业的发展都得益于这里得天独厚的自然环境。可是，像盖温室，种玫瑰，漂洋过海 140 海里运到日本出售，在那里大赚上一笔这样的事情，只有俄罗斯人才能干出来。这样的例子在历史上并不多见。而在这件事之后，人们很容易相信，俄国十月革命之前 60% 的资本掌握在旧教派教徒的手里。

就这样，共青团志愿者们开始了靠泰加林和靠大海的生活。鱼类加工厂牢固的楼房一点一点地被他们拆塌了，拆下来的东西被切成了金属废料，然后他们把拆下来的这些废铜烂铁卖给了中国人。宿舍、俱乐部和没盖完的被弃置的房子一片狼藉，无人问津。街边建的都是两居室小房的那条街道还被保留着，也就是有人住过的那些房子。已经建好的五栋三层住宅楼只保留了三栋，另外两栋之中的一栋被拆得只剩下了断瓦残垣，另一栋则没有了门和窗，这里变成了世界上最高级的羊圈——家养的山羊看上了这栋三层楼房。它们喜欢躲在阴凉处，吹着小风，这里特别凉快，还可以避开蚊虫的叮咬。即使是在冬天，它们也更喜欢待在这里，而不愿意待在羊圈。小羊羔们整天兴致勃勃地在楼梯上嬉戏玩耍，它们上蹿下跳，彼此追赶着，一会儿从一楼跑到三楼，一会儿又从三楼下到一楼。人们甚至还给这栋楼起了一个名字“山羊宫”，也有人就叫它“宫”。“宫”就是富丽堂皇的宫殿。那里真是富有，人们甚至开始去那里捡羊粪。去那里的不仅有人，最初还有人看到那里出现过列入“濒危物种红皮书”的猞猁阿穆尔亚种。没有人知道它在那里做什么，直到发现了一只被咬死的小羊羔。猞猁是一种非常谨慎的动物，如非必须绝不会靠近人，只有下大雪，山上找不到吃的东西时才会溜进鸡窝里，通常情况下它会咬死所有的鸡。而现在还没到下雪的时候呢，它就开始对小羊羔垂涎欲滴了！

泰加林区的居民们在惊讶的同时也放下了心——在泰加林里，这些不同寻常的事情时有发生。不久之后，镇子里就出了一件大事，所有人的心都揪了起来。那就是刚下过雪的雪地上出现了清晰的老虎脚印，这些脚印穿过整个村子，一直延伸至“山羊宫”。跟踪捕兽的猎人们后来确定，老虎闯进了“山羊宫”！还上了三楼！老虎咬死了两只山羊，一只被抛在一边，另外一只被拖进了附近的林子里。野生的阿穆尔虎竟然爬上了三楼，这可是创下了吉尼斯世界纪录啊！

法庭审判

“当然，所发生的一切都是由于我的过错，当然，我甚至无法想象这一切会让我感到如此悲伤。是的，我现在才明白，我这样做不仅是在拿自己的性命开玩笑，也是对任何一个路人的性命不负责任……”

根据对案件过程的调查，现已查明，公民K有一个位于村镇边上的私家砖砌车库，改为鸡窝使用了。车库前面的一块地被3米高的金属板做成的围墙围了起来。车库里存放着一些工具，还养了20只鸡。这一切都由一只可以在车库外面的院子里自由活动的牧羊犬来看护。车库的后墙高两米，紧贴着小山坡顺势而建，小山坡上长着榛树和胡枝子。

3月3日早上8点，公民K像往常一样去车库给鸡和狗喂食。但他打开大门后，发现牧羊犬被咬死了，只剩下一半的残骸，还发现了体型不大的老虎留下的众多脚印。这是一只年轻老虎的脚印，对此公民K毫不怀疑，因为他常在泰加林里走，对各种动物的脚印都非常熟悉。公民K仔细地观察四周之后确定，这只老虎是在闻到院子里的狗的气味之后，先从紧挨后墙的小山坡那一侧跳到车库的屋顶，然后借助靠在车库一侧墙边的小木船，跳到四面封闭的院子里的。老虎逮住牧羊犬并咬死了它，吃掉了狗的后半身，随后又借助小木船爬上屋顶，按照原路离开了这里。

公民 K 喂完鸡，决定不告诉任何人发生了什么事，他想用牧羊犬的残骸做诱饵，把车库的围栏做陷阱，亲自捕获这只老虎。他知道，通常情况下老虎会再次返回到未吃完的猎物那里。为此，他把这里的一切都保留好原样，除了那艘小木船。他把靠在墙边的小木船平放到地上，以防止老虎按原路逃走。

第二天早上 7 点，公民 K 手里拿着 IZH–18 型双筒猎枪，小心翼翼地靠近车库，根据脚印，他确认老虎确实又来了。因为没有离开的脚印，所以他确定它并未逃走，还在围栏里面。公民 K 给猎枪上好霰弹之后走近大门，打开了挂锁，可他还没来得及把大门打开，就被意外打开的大门撞了个仰面朝天，老虎从里面冲开了大门。这只老虎在咬伤公民 K 的右肩，用爪子把他的脖子抓出一道道深深的口子之后逃走了。公民 K 则硬撑着一个人来到医院，在那里得到了及时的救治。

基于以上事实，并依据俄罗斯联邦《刑法》第 258 章“非法狩猎”、第 33 条“非法狩猎未遂罪”之规定，对公民 K 提出的赔偿其 10000 卢布精神赔偿费和财产损失费的诉讼请求予以驳回。同时，依据俄罗斯联邦《刑法》第 73 条之规定，判处公民 K 有期徒刑两年。

脱钩之鱼的感受

鱼猛地一跃！我发麻的手里只剩下鱼竿了。从这一刹那开始，在晨光荡漾的小河边，在晴朗的碧空下，展开了一场激烈的殊死挣扎。这是一条哲罗鱼，它大得惊人，非常凶猛，正在拼命挣扎着。它不时地跃出水面，使劲地晃动着脑袋，然后又平躺到水里，竭力挣脱着紧紧钩住它的鱼钩。鱼钩不断地晃动，发出吱吱的响声，但还是稳稳地钩住了这条鱼。鱼线紧绷着，遇到汹涌的水浪冲击，发出了吱嘎吱嘎的响声。绞竿噼啪作响，像要断裂开一样。在哲罗鱼疯狂地向岸的方向挣脱时，我麻木的手指勉强拉住渔线，使劲地缠绕着线盘，以收紧钓鱼线，而在它突然又冲回到深水处时，我又双手哆嗦着赶紧控制住疯狂转动的摇把，不让鱼跑掉。我的心脏在本就狭窄的胸腔里剧烈地跳动着……

最终，鱼挣扎得不那么强烈了。难道我真的能抓到它了吗？不，现在下结论还为时过早。常言道，“没准儿的事不能乱说”，要先把鱼拖到浅水处。可这里离浅水区有点儿远，但也没有别的办法。我慢慢地把它拖到浅水处，不知道为什么，鱼在逆流中被拖拽的时候它的挣扎力是最小的。这时哲罗鱼开始自己打起转来！我疏忽了它的这个举动，眼睁睁地看着它给自己的身体缠上了渔线，然后把身体用力蜷缩起来，再然后……鱼钩就从其鱼鳃处脱钩了！

我瞥了一眼断裂的鱼钩，机械地缠绕着渔线，站在那里体验着内心沉重的失望和痛苦。多大的一条鱼啊！我感叹着它巨大的体型！而现在这条哲罗鱼就停在离我两米远的地方一动不动了，它的鱼身泛着古铜色，鱼鳍在微微颤动，鳃盖儿在无声地翕动，好像在敲打着胜利的定音鼓，这一切都表明，它已经没有力气了。

这样的大鱼哪怕能抚摸抚摸也好啊！我踩着河水里光滑的鹅卵石蹑手蹑脚地向它靠近，我离它越来越近了。哲罗鱼停在那里一动不动！我伸出一只手，摸到了它的脊背！鱼微微地颤动了一下。它还是停在这里一动没动！唉，我可真是个笨蛋！我怎么没想到往鱼嘴里插进两个鱼钩呢？我想伸手够一个金属鱼钩去钩住它的嘴，但这时河水已经到我腋窝的位置了，我的手还差一点点就能够着它了！……

为什么我会对这件事记忆犹新呢？当一只虎爪从原木之间的缝隙中伸进来，用它那坚硬如钢的爪子钩住我皮衣上的前胸衣兜，并使劲地拉扯，似乎想把我从建在偏僻海湾岸上的一个牢固的原木仓房里拽出来的时候，我不知为什么想到了鱼无助时的那一幕。

我似乎清晰地看到，那条最终脱了钩的哲罗鱼，用透明的鱼嘴吞吐着河水，为自己的身体供应着氧气，甚至在我摸到它的脊背时，它还能停在那里一动不动，它好像知道我要努力靠近它，甚至再一次用鱼钩钩住它都是徒劳的。

在野外拍摄野生虎并不难，只要你找到它经常出没的地方，在那里放上诱饵，然后躲在树上或者躲在一个坑里的隐蔽处，然后就开始耐心等待吧。

我也是像脱钩的鱼一样，从虎爪下拼命挣脱出来之后，完全无法动弹，只能大口大口地呼吸着空气，冷静地看着虎爪上四个锋利的爪尖在我眼前一次又一次地搜索着，我慢慢地、深刻地、清晰地体会到脱钩之鱼的所有感受。

眼睛

“朋友，请你告诉我，老虎为什么不攻击我呢？我每年都会遇到老虎。有时我们之间的直视距离甚至不足 5 米，但是它也不会攻击我。这是怎么回事呢？难道是一种玄学吗？我已经快 70 岁了，一辈子都在泰加林里生活，一辈子都在打猎。而在泰加林里，你也知道，什么事都可能发生。我见过的事情太多了。我不相信上帝。我只相信大自然，相信泰加林！泰加林里的一切都来自大自然，一切都要遵从大自然的法则。而我们这儿的老虎就是最高级的法官。它会惩罚一些人，会出现在一些人面前。有些人一辈子都梦寐以求见到它，却始终不能如愿。老虎总是离我不远，总是伴随在我左右。这样差不多有 30 年了，每年我都能遇到老虎。有时候是几只小虎崽，有时候是母虎，有时候是公虎。我敢说，我没有一年是没遇到老虎的。”

“老虎不攻击你，是因为你的眼睛善良而从容。老虎看到你的眼睛，就知道你没有恶意，你不是偷猎者，所以它才不会攻击你。假如你的眼神里流露出一丝胆怯或凶狠，那么你一定会受到老虎的惩罚的。真的！”

好莱坞影片

有人给我打来电话，是从好莱坞打来的。

“先生，您能否帮助我们拍摄一部猎捕西伯利亚虎的纪录片？”

“嗯……可以。”

外面寒风刺骨。一团团雾气弥漫在山溪水面上，颜色发暗的溪水在结冰的水道上流淌着。溪水潺潺，夹杂着雪花飘落的声音。一阵脚步声传来。河岸边生长着茂密的、高大的杨树和雪松，它们在有节奏地微微摇摆。被白雪覆盖着的山岩，陡峭的、尖顶的小山岗，以及低悬的太阳也随着脚步声轻轻摇晃。脚步声被断断续续的喘息声盖过，而喘息声又被另一种沉重而急促的喘息声盖过。鹅毛般的雪花四处飘落。猎狗的脸上覆满了雪，它不耐烦地把脸探入老虎在雪地上踩出的脚印中，使劲地摇摆着毛茸茸的尾巴，牵狗绳紧紧地贴在它弓起的背部，绳子已经被冻得绷直了。拽着牵狗绳的那个人很费劲才能跟上它。那个人的胡子、护耳皮帽、肩膀，还有卡宾枪的枪膛上都挂上了霜花。他穿着一双被冻得硬邦邦的平底软皮鞋，艰难地在厚厚的积雪上行走着。汗珠顺着他的脸颊滑落。另一条猎狗时不时发出的不耐烦的叫声盖过了他的脚步声，另一个大胡子男人敞着外衣，踩着他的脚印跟在后面，不时地发出呼哧声和咳嗽声。走在他们后面的是第三对和第四对“一人一狗”组合。

“让狗撒撒欢吧！”

“哎——哎——哎！”肃穆的小山岗之间响起了他们此起彼伏的喊叫声。

捕虎者弯下腰，解开牵狗绳，泰加林里立刻热闹起来，狗叫声不绝于耳。

“快点！狗逮住老虎了！”

泰加林里银装素裹的树木摇晃得更厉害了，出现了越来越密集的老虎脚印，狗的叫声也越来越响。

嗷呜！虎啸声在北方茂密的泰加林里震耳欲聋。树木之间不时地闪过猎狗的身影，也可以清晰地看到一只金黄色老虎的身影，它跨开四肢奋力地飞奔，努力甩开紧逼其后的捕猎者。

“快砍一个三角叉子！准备好捆绳！”

有人把斧头砍在冻得硬邦邦的木头上，发出当当的响声，有人拿着猎矛，从不同方向向老虎逼近。老虎晃动着布满条纹的脑袋四下看着，它的牙齿闪着冷光，凶猛的虎啸声震耳欲聋，远远盖过了狗叫声和捕猎者的叫喊声。

周围的山峦被虎啸声震得晃动了一下。捕猎者围在老虎周围，低头看着它，他们的身影遮住了老虎上方的天空。雪花被风吹到空中到处飘舞，再落到微微晃动的人影上。几根猎矛把老虎的条纹脖子、腰和爪子都按在了雪堆里。老虎的嘴里被塞上一块冰冷的木头，它的爪子被布条捆住了……

猎狗们仔细地舔舐着自己身上的伤口。男人们非常兴奋，坐在被捆住的老虎旁边的雪地上。他们的脸庞红通通的，似乎是被锥形的自卷纸烟的烟头照亮了，粗糙的手指微微发抖，慢慢地把用报纸卷的烟卷塞进嘴里。这些男人吐着烟，烟雾笼罩了他们长满胡子的脸。

影片的最后几个画面是远景拍摄的。4位勇敢的捕猎者用木头做成担架，抬着被抓到的老虎。可是，没有人看见这只叫“台风”的老虎从捆绑它的捆绳的缝隙处伸出了舌头，一遍一遍地舔着我的手。是的，它是我熟悉的老虎“台风”，我曾无数次地给它喂过肉。

欺负老虎的人

谁敢欺负老虎？这是谁也办不到的事情！它可不是那种任人欺负的动物。它会很好地保护自己，它很傲慢，也清楚自己“百兽之王”的地位。我所指的是我们这里的老虎，栖息在乌苏里边疆区的野生老虎。而马戏团里豢养的已经算不上老虎了。当然，它的外表还保留着老虎的样子，但令人遗憾的是，实际上它俨然已经是一条狗了！老虎真正的天性从小就被抹杀了。可不这样做还能有什么办法呢？你哪怕是训练一只猫做杂技，不让它感到疼痛也是不会成功的。或许只是一个很简单的动作，也需要对它加以严格训练。如果你对它无限制地温和与退让，那么它只能学会一些最简单的动作。仅此而已！小丑库克拉切夫为什么能闻名全世界？就因为他能够驯服那些不久前还被视为的“不可驯服的猫”。他是怎么做到的呢？只是借助于“武力”的办法。为什么某些发达国家经常发生这样的抗议？一些思想进步的社会团体不愿意让这样的驯兽员到自己的国家巡演，原因正是如此。家养的猫在几百年的时间里已经丧失了一部分天性，但是老虎可不是猫咪！这就是训练老虎被认为是一种“高级特技”的原因——任何一个失误都可能酿成悲剧。虽然驯兽员选择已被驯化的老虎幼崽作为驯服的对象，但是如果选择一只已经在林间奔跑过，见识过泰加林的自由的幼崽，那么想把它训练成为马戏团的演员，实际上是绝无可能的。老虎就是这样的野兽。

我为什么要讲这些呢？因为除了我，没人有机会欺负野生老虎。你们不相信吗？那就听我讲讲这个故事吧。

当然，这一切都是机缘巧合。我给你们讲讲事情发生的经过吧。

我家房子在村子最边上，板棚后面就是森林。这件事发生在新年 1 月 1 日的中午。前一天晚上下了一场大雪，雪的厚度大约有 15 厘米。我送完参加节日宴席的所有客人之后，睡了一觉，然后就开始收拾屋子。我拎着泔水桶走到屋外，在院子里站了一会儿：节日后呼吸呼吸清新空气，欣赏欣赏雪景，感受感受周围的宁静，心情好极了。我站在那里，呼吸着，突然警觉起来——好像有人撞了一下板棚，而板棚后面是倒泔水的水坑。我刚走近板棚，我的狗“泰加”就从里面跑了出来，它差点儿没撞倒我。“哎，你这个坏蛋，”我说，“又把狗链子挣开了往外跑，就不愿意看家。”我拐过拐角，突然脚下有什么东西跳了过来——原来是一只老虎！它在追我的狗“泰加”！它的 4 个爪子紧紧抓住地面才勉强停住，在雪地上留下几道长长的痕迹。说时迟那时快，我直接把泔水泼到了它的脸上。

我为什么这么做呢？我自己也不知道，可能是被吓的吧。我就是这样欺负了老虎！它可怜兮兮地哼了几声，夹着尾巴朝旁边慢慢地走开了，它那垂头丧气的样子，就像是一条斗败的公狗。它回头看了看，委屈地发出呼哧呼哧的声音，走几步，又回头看了看，委屈地发出呼哧呼哧的声音，再走几步。它这样的反应让我心里感到很难受，甚至眼泪开始在眼眶里打转！泪水模糊了我的双眼，我就这么看着它委屈地离开了。至今我仍然觉得它可怜！

救命者

信不信由你，是老虎……救了我，我才能活下来。要是没有老虎，我可能走不到有人的地方。真的，绝对走不到。要不是因为老虎，我可能就掉进水坑里了，也可能早就冻死在那里了，或者是因失血过多而死……有一天深夜里，我和朋友着急往家里赶……

我们开的是乌里扬诺夫斯克汽车厂生产的UAZ军用越野车，发动机一路轰鸣着，吉普车费力地爬过一段非常陡的坡路。这是最后一个山岭，还有15公里就到普列奥布拉热尼耶村了。我们已经开车走了4个半小时，翻过了两个坡度较大的山岭，行驶了300公里。我们开得很快。我的朋友开车技术很好。我想知道，是否有人开着这种车走符拉迪沃斯托克[1]至普列奥布拉热尼耶村这条路比我们开得还快呢？走了这么长的路，我们已经把能聊的都聊透了，把该想的都反复想过了。天上挂着一轮圆月，树冠被覆上了一层月光，远处小山岗的轮廓依稀可见。道路两侧树木的树枝轻轻地摇曳着，透过树枝间的空隙可以看到高高的夜空。夜空时而在树枝之间微漾，时而肆意涌动，时而又与周围的小山岗一起徐徐摇晃。我们打开了汽车远光灯，灯光在夜色中照得很远，地上投下了长长的影

---

1 俄罗斯远东地区最大港市，滨海边疆区首府。原属中国，传统名称“海参崴”。——编者注

子。影子依次掠过每一个小山岗、每一块石头、每一个水坑。汽车艰难地拖动着不离不弃的车轮，不厌其烦地爬过每一个坑洼、每一座小山，就像一个巨大的熨斗要熨平这条没有尽头的山路一样。

汽车的发动机突然发出一阵高音，轰隆一声响，就像人长长地舒了一口气之后，先轻轻发出一点声音再咳嗽几声一样。在踩急刹车时，汽车发出刺耳的尖叫声，好似汽车急速下坡时所发出的沉重的喘息声。它绕过一个个小山岗，急速地向月光笼罩下的大海方向驶去。

“萨尼卡，别睡觉！”我注意到朋友低下了头，对他说道。

“啊呦，那不是夜晚，不是夜——晚——啊——”萨尼卡尝试着低声唱了几句之后又不唱了。他叹了口气，在座位上活动活动身体，晃了晃肩膀，转了转头，吉普车开得更快了，在山路上飞驰起来。

驶过一个弯，第二个弯，第三个弯……车身突然一晃，翻进了一个水沟里。先是车门着地，然后是棚顶着地。火花四溅，玻璃发出噼里啪啦的破碎声，我的身体扭转着，一动也不能动，胸部和头都感到剧烈的疼痛……我朋友的手重重地压在我的身上。周围一片死寂。

“萨尼卡，你还活着吗？”

“嗯……”

我挣扎着从车里爬了出来，使劲地拽出浑身是血的萨尼卡。萨尼卡勉强动了动，试图对我说点什么，但支支吾吾什么也没说明白。我朋友的头上流着血，在月光之下微微发亮。

“萨尼卡，坚持住。很快就有人来救我们了。”

“嗯……”

我小心翼翼地把他拖到山路的斜坡上，把他放到一块比较平整的地方，又从车里拽出了一些东西垫到朋友身下。他低声呻吟着。

“萨尼卡，你忍着点儿。”

“嗯……”

我自己感到天旋地转，一阵恶心。我坐了下来，但感觉更加难受了。我应该做点儿什么。应该把文件收起来。想到我就这样做了。文件好像都搜集全了，我把它们塞进了怀里。

“车。”朋友小声说。

“你说什么？”我没听清楚。

“有车来了。”

“有车来了，什么车？”说话间，我看见树冠被车灯照亮了，一辆车不紧不慢地沿着道路行驶。

他们怎么开得这么慢啊？

“伙计们！……停车！好心的人啊，请您帮帮忙，把我们送到医院吧。”

“对不起，车已经满员了，只能再坐一个人。”

“好，好，当然可以。让萨尼卡上车吧，我自己再想别的办法……”

“萨尼卡，你忍着点儿！我随后就到……”

汽车的红色尾灯很快就在转弯处消失不见了，路上的尘土也落下了。凌晨三点还会有顺路车吗？应该往镇子里走了。

我踉踉跄跄地走在山路上，只有月亮同情般地与我一路相伴。我一路上磕磕绊绊，跌跌撞撞，似乎走的不是路面，而是走在伸手不见五指的漆黑的倒木林里。我开始浑身战栗。每走一步，腿都像被灌了铅一样沉重，身上越来越疼，几次都要摔倒在地上。我实在走不动了。眼前开始出现幻觉，我需要休息。但是天气非常冷，现在是 11 月份，水面已经结冰了。

萨尼卡怎么样了呢？或许，他已经被送到医院了，已经为他找来了医生，大家正围着他忙乱地为他治疗呢！希望他没什么危险！

路边的排水沟里有一棵倒木。我不由自主地朝它走过去。我需要坐下来好好休息一下。坐下来感觉不错：身上不疼了，也不颤抖了，我闭上眼睛，感觉到浑身没劲，麻酥酥的像过电一样。要是能躺一会儿就好了。我用力睁开眼睛，头上直到现在还在流血。我看了看周围，在哪里能躺一会儿呢？树根处好像有一团像树枝又不是树枝、像稻草又不是稻草的东西。我打算就在这上面躺下。但是这一团东西……突然动了一下！难道是我的幻觉吗？我在脚边摸到了一块小石头，朝着那团东西扔了过去……

“嗷——嗷——嗷呜”，那团东西嘶吼着，露出一只泛着绿光的眼睛。原来是一只老虎！！！

我吓得屏住了呼吸。心揪成一团，就像钟表上的簧舌一样怦怦地跳动，我心里顿时紧张起来。真的是老虎！！！

我的手在地上机械地划拉着石头。摸到了一块，第二块……不行，这块石头太小了。嗯，这块还重一些。

“锵！锵！锵！锵！”我开始用力敲打着石头，石头甚至被打出了火花。我的两条腿一直在剧烈抖动，它们贴着树干一点点地向后移动，渐渐远离了那团可怕的东西。我的腿有些紧绷，半弯着，一小步、一小步地快速向道路那边移动。

“锵！锵！锵！锵！”石头的敲击声很响亮，我壮着胆伸直腰，铆足力气向前迈了一步，但内心的恐惧就像结实的绳子一样，紧紧地绑住了我的双腿。

我使出全身力气使腿站直。唉！站直之后，我感觉到了些许轻松，我咳嗽了一下，清了清嗓子，喊道“滚开！滚开！快滚开！”

老虎隆起了后背，从容地走到了路上。

“锵！锵！锵！锵！”我继续敲打着石头，边敲边喊：“滚开！滚开！”

我拼命地控制着双腿一动也不敢动。这个时候不能跑！绝对不能跑！我一旦跑开，它就会像猫追老鼠一样，立即扑过来。

“锵！锵！锵！锵！”我只能靠敲打石头的声音来吓退不断逼近的老虎。

“滚开！滚开！”我声嘶力竭地喊道。

老虎停了下来，站了一会儿，似乎在思索着什么，接下来又快速走了几步，我们之间的距离越来越小了。

“滚开！滚开！”我继续敲打着石头。

可是老虎并没有走开，而我敲打石头的力气却越来越小。它已经近在咫尺了。我的双手早已没有了知觉。死死攥住石头的手指也冻僵了，每敲击一次石头，手指都会感到剧痛。这种疼痛就像锋利的钉子扎进身体一样，会引起全身的剧痛……

“10年前，国际社会已经发出警告，远东豹已濒临灭绝！10年前就有过这样的警告！可这10年间人们停止猎杀远东豹了吗？”我突然想起生态杂志中一篇文章里的引文，就开始字字清晰地对老虎大声说道。而这只老虎因为突然听到异样的声音竟然呆住不动了。我眼前真的好像出现了这一页文字，快读吧，读下去吧，更何况因为我的大声朗诵，老虎明显地向后退了几步。

“近年来国际新闻经常报道，远东豹的保护问题被视为保护全球生物多样性的最重要的问题之一。国际社会多次表明，这些稀有物种栖息的国家和地区不仅有机会获得财政支持用于它们的保护，而且能够引起外界对当地经济问题的关注，并可能吸引大量资金为当地实体经济领域投资。这难道对有些人不利吗？还是当地人自己过得如此艰难，已经无暇顾及远东豹了？……”老虎不再后退，但现在离我已经有一段距离了，这则关于它兄弟濒临灭绝的消息好像引起了它的极大敬意。好吧，我继续为它朗诵吧……

“据统计，现存的远东豹数量极少，全世界仅有30头，它们主要分布在俄罗斯滨海边疆区……”老虎紧紧地跟在我身后，就好像是怕错过每一个字似的……

“1996年召开了第一届保护远东豹国际学术会议，在此次会议上确定了远东豹保护项目的主要方向，制定了包括俄罗斯科学院在内的一系列国际组织名单，这些国际组织负责该项目的资金投入和组织实施。从那时起，项目组对远东豹的数量进行了统计，对禁猎队和森林消防队进行了资助，为远东豹所造成的破坏和损失支付了高额的经济补偿，还设立了禁猎区，在学生中广泛开展教育活动，提高当地居民的认识……但是！仅去年就从偷猎者手中缴获了6张远东豹皮……而且，很可能有些违法狩猎行为还未被发现。在其他国家，发现私藏濒危动物兽皮的人会被判入狱数年，而在俄罗斯，这样的人只是被罚款1000卢布！有谁是因为火烧远东豹分布区的森林而受到惩罚的呢？从来没有！……"

太惊人了！简直不可思议！我从未有过超群的记忆力，但是我现在却能倒背如流！昨天我偶然间翻阅了一本生态杂志，读到了这篇关于远东豹的文章，一天过后，我竟然在为老虎逐字逐句地背诵这篇文章！真是个奇迹！

"令人遗憾的是，俄罗斯还在观望。继1996年确立鲍里索夫高原为禁猎区之后，在远东豹的分布区先后出现了开采劣质煤和铺设石油管道的项目。国家立即做出了提高公用事业费和汽车税费的决定，但却根本无暇顾及远东豹的问题（更谈不上人与自然和谐发展的问题，人类需要的是健康的生态环境）！这是一个全球性的问题……"

唉！我太累了！双腿像坠着沙袋，实在走不动了。这时要是有人轻轻一推，我就会摔倒！但是只要回头看一眼，恐惧就会让我忘掉一切……

“锵！锵！锵！锵！”我一边背诵，一边敲击着石块。

“远东豹是生活在最北方的豹子亚种，分布在北京到兴凯湖之间的地区。而现在，它主要出现在俄罗斯滨海边疆区西南地区以及俄中接壤处的一块狭长地带，这块狭长地带正在大张旗鼓地进行开发——改建道路、伐林砍柴、狩猎……”

“哎，哎！你为啥离我这么近？离我远点！锵！锵！锵！锵！”我回过神来，又开始敲击石头。

“2003 年 3 月 14 日，保护远东豹国际工作会议在符拉迪沃斯托克举行。会议主题是重新引种计划——在一种动物已灭绝的区域里重新构建一个生命力更强的种群。专家们在认真研究远东豹现有种群濒危情况的最新数据后明确指出，进一步延缓远东豹的灭绝速度是不可能的，建立新的种群是保护这种动物的唯一办法。但是，现有的远东豹种群已不能用于重新引种计划，因为它们的数量少得可怜，而且它们的基因遗传能力也不足以建立一个新的完整的种群。所以，要想在一个新地方培育这个种群，就必须利用动物园里存留下来的远东豹来配种。通过人工授精产下的幼豹将在专门的机构中心接受适应性训练，它们必须在这里学会捕猎技能以及对人类的警觉性，之后再把它们送到狩猎区去学习捕食技能。但问题是，全世界所有的动物园所圈养的 200 只远东豹中，只有 10 只是遗传学意义上的纯种的远东豹……”

……我就这样一直往前走，一会儿高声朗诵着关于远东豹的文章，一会儿敲击着石头。我已经做好了死的准备，身体实在是挺不住了，但在我每次回头看一眼老虎之后，还是继续向前走。就这样，我终于挨到了镇子上。是老虎的逼迫我才活了下来。如果不是它在我的身后，我无论如何也走不到镇子上。我怎么可能走回来呢？！如果不是老虎，我早就掉进水沟里了，早就冻死了，要么也会因失血过多而死。信不信由你，但我确实是被老虎救了！

求生欲

不知为什么我就是睡不着，在硬床上辗转反侧、胡思乱想，可能是因为昨天检查捕兽夹子时由于一时高兴走多了，这一天的收获的确还不错——夹住了两只黑貂。其中一只一般，毛色很差，而另一只特别漂亮！是一只深烟色的大型公貂，头部的颜色比较深，咽喉部位没有斑点，脊背上有一道黑毛。整张毛皮上夹杂着的白毛亮闪闪的。

大概该起床了。今天，要快点检查完最后一条小路，然后就回家。我点燃了一根火柴，看了看手表，才 7 点钟，天亮之前我应该来得及吃早饭，收拾一下小木屋并收拾好背包。但外面怎么这么安静呢?

我点亮了灯，披上外套，戴上帽子，然后推开被冻住的房门。细碎的晶体在温煦的空中飞舞着，发出耀眼的光芒。下雪了……就因为下雪我才睡不着的。雪已经停了，地面上的雪有四指厚。天空放晴了，星星一闪一闪的。外面很暖和，也很干爽，但或许还会下雪——昨天刮了一天的狂风，空气里积聚了大量的潮气。雪花很松软，踩在上面就像踩棉花一样。走在这样的雪地上，脚印很快就会被雪花掩盖住。的确很暖和，甚至小溪里昨天的小冰碴都融化了。

脚印……快来看啊！应该是老虎留下的，它刚才在小木屋四周转悠过。它来这里想要干什么呢？

这只老虎已经饿了4天了。对一只成年动物来说，这并不算什么，但这只老虎并不习惯饿着肚子走这么长时间。它是这一区域所有动物中最幸运的了，从不错过任何机会咬死一头野猪崽或马鹿，哪怕它刚刚饱餐过一顿新鲜的肉。尽管大自然让它成为猛兽中的最强者，但它在松软的雪地上、溪流的冰面上行走数十公里，却依然找不到任何猎物。不能说这是因为它领地内的猎物已经匮乏，毕竟它的领地里有两个大山泉，山泉的源头处有几个陡峭的山脊，即使是再幸运的动物也逃避不了。

昨天夜晚又下了雪，动物只能滞留在原地。这个时候如果没有什么特殊的需要，谁会离开兽窝呢？当然，发现猎物越来越难了，这里到处是白色，哪有藏匿的条件啊！这里很少下这样的雪：干干爽爽的，颗粒很小，踩在上面完全没有声音。每走一步，脚下的雪似乎都分散开来，然后再轻轻地、柔柔地、暖暖地把脚下踩过的地方盖上。假使一阵微风吹来，雪散发出来的清香就会随风飘向空中，直飘到微微闪烁的星辰上。但随着太阳的升起，这个梦幻的王国也随之消失了。睡醒的雪松树冠叹了一口凉气，唤醒下面冻结的树梢，晃了晃树枝，开始察看覆盖在树根处的雪的厚度。

天亮了。我出发了。背上背包。小铅球[1]挂在了左肩，卡宾枪

1 装在猎人鞭子柄上的铅球（用来把被猎狗咬得半死的猎物打死）。——译者注

扛在了右肩。手套别在腰后，刀放在老地方，还带了一些子弹。哦，周围的景色太美了！一片寂静，只有呼吸声。四周如此安静，甚至让人感到些许惆怅。刚下过雪的时候，野兽们不会急于从洞里出来，所以要留意脚下，只要有脚印就能马上发现动物的踪迹。如果看不到动物的脚印，就往前走吧，可以尽情地欣赏如童话般美丽的风景。哦，也顺便呼吸一下温和而清新的空气。

右前方的小山岗下是一片冷杉幼林，有一人多高，蓬松的枝头上覆盖着毛茸茸的白雪，它们交织在一起，好像在拥抱着彼此。冷杉幼林顺着山坡向上生长，隐藏在成年云杉和桦树后面，一直延伸到山泉那里。从远处看，林子边缘树木枝头上的雪已经掉落，树下的雪地上有凌乱的动物脚印。是野猪还是马鹿？周围依然没有风，没有任何动静。本来可以开枪去射击它们，毕竟有许可证，但我现在却没工夫去追它们。好吧，我还是悄悄地往前走吧，看情况再说吧。或许冷杉幼林里会有公鹿出现，这个时候它们喜欢躲在这样的树丛中。我往前走了几步，站了一会儿，四周静悄悄的。我又走了几步，还是什么动物也没看到。这条林间小道上到处是白雪皑皑，我的眼前是一片洁白无瑕的世界，小道从小山岗处向山泉的方向转弯。我静静地撩起垂下的树枝，走上一个小山丘，看了看四周，听了听四周的动静，继续向前走了。

小山岗下传来细微的沙沙声。我伸手去够卡宾枪。身后扬起一片雪尘。一跳！再一跳！径直向我扑来！我的双手绕过头顶去拿卡宾枪！老虎！！！耳边响起震耳欲聋的咆哮声，眼前蹿出一个庞然大物：张开的大嘴、它身上的臭味、獠牙——都在我眼前一闪而过，我感到脑袋被撕裂一般一阵剧痛，接着我开了枪，我的眼前一片黑暗……

太阳红彤彤地照在山坡处，渐渐移到了山底，落到了山泉处，黄昏的阴暗顿时散去。树枝上的每一块积雪吸收了足够的光线，由内向外地闪烁着柔和的淡蓝色光芒，并散发出虚幻的暖黄色。

这条路上到处都是马鹿刚踩出来的蹄印，还有一头马鹿正朝这里走来。猎物就在附近！轻盈前行的老虎立刻停住了脚步，凸起的肌肉在它浓密的皮毛下起伏着，整个身体也警觉了起来，灵敏的耳朵竖了起来，眼睛机警地探寻着松散的积雪中的每道沟痕。它一边慢慢地继续向前走，一边死死地盯着白雪遍布的冷杉幼林，每走过一棵树时，都要根据每一根树枝的晃动程度来判断动物的行走路线。它挺起健壮的胸膛，伸着它狭长的鼻孔使劲地嗅着空气中的各种气味。它闻到了！猎物就在附近！它那沉重的头骨瞬间根据其所见、所听和所闻做出了分析。一点儿风也没有，空气完全是静止的。这就意味着动物躲藏地点的搜寻完全没有眉目，完全凭侥幸。最重要的是要第一个看见、听到、猜出这些猎物在哪儿。应该在小山岗下绕上一圈，马鹿们经常顺着陡峭的山坡向上跑以躲避危险。老虎的爪子无比轻柔地踩在雪地上，高傲而小心地向前走着，这个庞然大物平稳地移动着身体，并做好随时停下脚步的准备，任何情况下它都可以像石头一样岿然不动，即使以最不舒服的姿势，它也可以站立很长时间。

前面是一片连绵不断的被白雪覆盖的冷杉林。老虎一动不动，任凭风雪交加，寒风刺骨。它确定了进入林子的路线，选择从树干粗壮且树枝极为密实的树荫下溜进林子，小心翼翼地穿行于还无人走过的、难以通行的雪的王国。云杉树枝面对老虎勇往直前的巨大冲击不得不歪到了一边，等老虎走过之后，它就掉落积雪又平稳地回到原来的位置，几乎完全保持原来的样子。

老虎身上的每一根毛都覆盖上了亮闪闪的雪花，它全身变成了白色，与周围白雪皑皑的山丘融为一体。它走一步，停下来，又走一步，又停下来。猎物就在附近的某个地方。应当停在原地等待。也许还要等上几十分钟。只有足够的耐心和完全的静止不动，才能骗得过像马鹿这样又敏锐又谨慎的猎物。甚至是难以察觉的轻微呼吸都有可能会暴露自己。

好似凝固的空气中突然响起了一阵断裂声，依稀分辨出是一根粗壮的树枝上的雪掉落小溪的冰面产生的破裂声。雪是自己落下来的，还是被碰掉下来的呢？不，在这种情况下，雪是不会自己落下来的——雪只有被外力弄弯了树枝才会掉落下来。也就是说，那里一定有什么动物碰到了树枝。继续等待吧。现在要把主要的注意力集中在传来这个声音的方向上。从那个地方传来了一点沙沙声——猎物就在那里。现在还要等，等到马鹿动起来，等它距离倒下的枯树再近一些，就可以伺机发动攻击了。马鹿动了，它正向小山岗走来。再走几步，就要走到这里了。别出声，听，它站住了，在倾听着。又传来了后者的脚步声。对，它正朝这里走来。越来越近了。更近了。老虎站直了身体，已经可以分辨出它的呼吸了。时机已到！紧绷的肌肉瞬间舒展开来。它纵身一跃！又是一跃！它的身体灵活地蹿到冷杉林的上方，眼睛盯住目标，在耀眼的雪地之中分辨出暗色的猎物。它的喉咙里发出震耳的虎啸声，对猎物命令道："站住！"它第三次纵身一跃，被它扑倒的竟然是一个人？！赶紧跑吧！但是一棵被老虎压弯的小枫树竟然把它绊住了，刺破了它的肋骨，疼得它不敢喘气。老虎的爪子能够打折任何动物的脊椎，也可以凿穿任何动物的头盖骨，现在它只用了一半的力气就击中了我的胸部。它的獠牙咬住了我的圆形头骨。我开了一枪，空气中弥漫着火药的焦味。它在退后！它要远离猎人！……

我什么都看不到了。眼睛里是热乎乎的黏稠的东西。是血！赶快——要用雪止住血！我的前额和后脑勺像有一团火在燃烧。不能碰！应该包扎一下，但是左手却像是别人的手一样不听使唤，抬都抬不起来，喘口气都疼得要命。我扯下卡宾枪和背包！当然是不敢用力。我又小心翼翼地脱掉外套、坎肩、毛衣和衬衫，开始用背心包扎头部。哦，血流进眼睛里了！不要紧，缠紧点儿。这样，似乎好受了一些。穿上衣服，我感到头晕恶心，周围都是红色。必须站起来，可眼前一阵发黑，我整个人都晕乎乎的……

不，要放松，不能紧张。但是我的手脚都像棉花一样软弱无力。我站立起来，周围一片灰色和红色。没有任何动静，不见任何动物的踪影，我慢慢地往前走。必须走！必须要走出这片没有人迹的森林！

我向前走着，渐渐地走出了很远，不时地摔着跟头。不着急，慢慢来。我已经走到小路上了，可是走到这里就一步也走不动了。我一点一点地挪动着身体，双腿发抖，喘着粗气。再坚持一下，再慢点儿！就这样，就这样……

沿着这条小路再走 1 公里左右就会有一个直升机停机坪，那里有一辆摩托车。骑上摩托车再走 20 公里才能到达村子。太远了，我得要先走到停机坪啊……

我迈出了一步。又迈出了一步。继续向前……我摔倒了。我双手抓住了一棵小树，它让我又站立起来。绝对不可以再摔倒！我脑袋很痛，但有一句话在不断地支撑着我的意志："要走！要向前走！必须向前走！"

我继续向前挪动着身体……这个雪真是太黏稠了，迈出的每一步都很艰难啊！但必须得坚持下去啊！只有这一条路！否则的话，就是死路一条……我真是愚蠢。心里感到无比的懊恼和委屈！不能这样！不要自暴自弃！

还要走多远啊？一步。又一步。我不知走了多久，每一步都如此艰难，如此吃力。千万不要滑倒，不要摔跟头。最好慢点儿走。越慢越好。走吧。走吧。瞧，已经看到停机坪前面的山泉了。没有多远了。再走几步就有摩托车了。可我一点力气也没有了，哪怕是一点点力气都没有了。可这里还有一个上坡，怎么上去呢？我的身边有一棵枯树，它的根部已经折断。好了，可以扶着它走了……得停下来休息一下了。但是我的双腿马上就弯曲下来了。

哦，我的上帝！真是活见鬼了！我必须得向前走啊！一步！再走一步！又一步！我实在走不动了！你可以！你可以坚持的！你一定会走到地方的！……

我已经看到了，我的眼前是一片林间空地，停机坪就在那里！一棵灌木下停着一辆摩托车。可是我却一步都走不动了。我的心情悲痛到极点，浑身疼得要命。摩托车就在眼前，上面被盖上了一层罩布。不能低头，也不能闭上眼睛。周围弥漫着大雾，很浓重的大雾……而摩托车似乎离我更近了。我仍然在往前走着……它就在眼前了。已经触手可及了。我终于走到了！

现在就要发动它。打开开关，点火，可是没打着火。再等一等，休息一会儿吧。

好吧，再试一下，要使劲地蹬，更用力地蹬，可我根本没有力气了，而且头晕目眩，我勉强站住了……该死的，它怎么都打不着火。再来一次！再来一次！这个混蛋！怎么就打不着火呢？！……

我还能坚持多久呢？摩托车就在眼前。为什么发动不了呢？平时总是很容易打火的。即使再冷的天也总是能打着火的呀，今天怎么了？可如果没有摩托车就寸步难行啊！怎么能走到那么远的地方呢？还有20公里啊！必须要发动起摩托车，否则就完蛋了。没有人会来这里的。一定要发动起来……

我勉勉强强握住了车把。好在摩托车立得很稳，不然它会直接倒在我身上的。不，这辆摩托车好像哪里不对劲。可是怎么能查找出它打不着火的原因呢？天这么冷，手都伸不出来。要是有堆篝火就好了。可是不行啊，我无法生起篝火。我要是倒进雪里，就再也站不起来了。

你这个大铁块，怎么能这么整治我呢？因为你我就要完蛋了吗？不行，绝对不行！我现在就收拾你！我非把你烧掉不可！

摩托车被点着了，冲出一股热气，而这时我的头脑突然清醒了……我这是在干什么？要是没有摩托车的话，我可怎么离开这里啊！我赶紧把雪撒在火上，趁着摩托车还没有被烧毁……

摩托车发动了！终于发动了！让它打着火吧，让车热起来！我的耳朵已经疼得让我不能再等了，我要骑上摩托车马上出发！遗憾的是我还把帽子弄丢了，也顾不上我的耳朵了。现在需要扣好衣服，戴上手套。准备好了，现在就来试试看吧！骑在车上，似乎感觉好一些。摩托车现在顺着车辙走得很平稳，没有打滑。我骑着摩托车一路向前……

发动机发出很响的声音。树木之间的车辙蜿蜒曲折，里面积满了白雪。这样的路什么时候才能走到头呢？速度已经不能更快了，要是车身失去控制的话，我就会摔倒。车轮慢慢地顺着车辙前进，徐徐掠过两侧的树木。一切就像做梦一样。也许这就是一个梦？不，这当然不是梦，刺骨的寒风吹着我的眼睛，颧骨、鼻子和下巴都冻僵了，就连眉毛上的血，也冻成了冰。

马上就要到达温泉了，那里的水永远不会结冰。不好的是，温泉两岸积雪，下面都是滑溜溜的冰层。真是事事与人作对！这样的话，那个地方很容易摔倒。我已经骑了 5 公里，还要再骑 3 公里才能到空地上。那里没有车辙，路面非常好。尽管我整个脸都冻僵了，但脑袋却感觉好些了，不那么晕了，甚至可以清醒地思考问题了。我在想怎样才能骑过温泉呢？只有一个办法，就是给摩托车加速，直接飞跃到温泉的对岸。尽管温泉里的水不深，河岸也不高，但要是连人带摩托车都掉进冬天的水里也会完蛋的。好吧，别无选择。必须加大油门，冲！

温泉水珠四处飞溅。我咬紧牙，眼前一片漆黑。摩托车的前轮砸在冰面上，然后一跃而起。我慢慢地减弱了油门。摩托车先是平稳地飞出去很远，然后倾斜得越来越厉害，最后翻车了，从空转的车轮上甩下几大块湿雪，而车轮一直在转啊、转啊，雪块接连不断地向四处飞散。然后速度越来越慢，越来越慢。周围渐渐黑了下来……

这是什么东西发出汩汩的声音？映入眼帘的是灰蒙蒙的乌云下一堆乱糟糟的树枝，透过树枝的缝隙能看到冬日里苍白暗淡的天空。我试着动了动，双手还可以活动，却没有任何可支撑的东西，而且我也完全感觉不到腿的存在，我小心翼翼地翻身侧躺。现在我明白了，我是躺在冰层上。泉水从我的鞋上流过，出现了许多小水泡，发出汩汩、淙淙、潺潺的声音。更倒霉的是，水涌进了我的靴筒，无情地把脚上仅有的热乎气都带走了。现在水又漫过了肚子。眼前出现一摊血。我的胳膊发软了，两条腿也滑进了水里，膝盖很快就没入了湍急的水中。快点把我滑到岸上吧！雪下面的冰太滑了！还有两米，绝不多于两米，就到平坦的地方了。摩托车歪斜着倒在车辙里。我的双手在可恶的水里划拉着，双脚踩在黏滑的黑色鹅卵石上。没有什么可以抓住的东西，也没有可以依靠的东西！我竟落入了这样的境地！怎样才能摆脱这一困境呢？啊！先要一鼓作气地在水里站起来。我站起来了。接下来该怎么办？任谁一只脚在冰面上都站不住，而从小溪两边到冰面上都是陡峭的河岸。现实情况就是这样！绕不过去，也走不出去。要是赶上其他季节，这些都算不了什么，跳一下，再跳一下——所有问题就会迎刃而解。而现在我连站在这里都不容易——感觉头晕目眩。可千万不要栽到水里！我已经开始打冷战了。到底该怎么办呢？怎么办？用刀凿出个台阶吧！那就试试吧！我跪在冰上，清走周边的雪。锋利的刀尖只能凿出很小的坑，每凿一下冰面，我的头就一阵剧痛。周围的光渐渐变弱。要是有斧头就好了，凿两下就完事了。可我的斧头还在背包里。

应该站起来休息一下了，跪得腿已经受不了了。可是让我没想到的是，我的膝盖已经冻僵了！已经湿透的膝盖冻在了冰上。我被粘在了冰面上！我使出全身力气猛地往上一跳！站起来！站起来！啊！我的头！我的头好痛啊！要直视正前方！努力直视正前方！努力直视正前方！不要往上看，也不要往下看，只能往前看，往前看，否则的话，我就会摔倒……

炙热的太阳渐渐泛白，肆虐的风渐渐停息，树木不再剧烈摇晃，安静地矗立在那里，只是偶尔轻轻摇动几下。

我勉强站了起来。我浑身难受——四仰八叉地掉进冬天的河水里能是什么滋味呢？更不要说我被老虎攻击后掉进水里是什么感受了。我这种情况千万不要再掉进水里了……

倒是有一个办法，那就是往光滑的冰层上泼水。积雪在光滑的冰面上一分钟之后就会形成粗糙的冰层，这样我就可以更加稳当地站在上面。想到这里，我脱下手套，把它们别在腰后，小心翼翼地猫着腰向前走……可是不行，我的腰弯不下去，手够不到水面。于是我试着蹲下来，把手伸进冰冷的水中……现在可以往冰面上泼水了。一下，两下，三下……我又站直了身体，喘了口气，又泼了几捧水。手指一旦冻僵了，就赶紧把手放在怀里捂一捂。然后再蹲下来，又接着往冰面上泼水……

就这样，冰面差不多泼好了。我又暖和了一下身体，擦干了手，这时一层粗糙的冰面已经形成了……

就这样，我总算从水里爬了出来。幸运的是，摩托车并没有倒在雪堆里，可是摩托车的汽油怎么样了呢？洒没洒出来呢？还行，似乎没有都洒出来，应该够用了……咦，它一下子就发动起来了！好像知道我的心思一样……一定要尽快，要在天黑之前赶到村子。腿已经冻僵了，我的头怎么了？我已经顾不上头疼了，全身无力。要是能躺下休息一会儿该多好啊！但是不行啊——再躺下我就彻底完蛋了！必须继续坚持！

田地……已经到田地了。在我骑到这里之前，不知道已经摔倒过多少次了。一切还算顺利，摩托车第一下就发动起来了。而且我不仅没被冻僵，甚至还热得冒汗。是的，抬起栽倒的摩托车的时候，我已经全身发热、汗流浃背了。现在我似乎不能被冻僵了，路况很好，地面上一些地方的积雪已经被吹走了，露出了地面。好在我还没被冻僵，虽然我的腿没有了知觉，但还能动……

还有几公里了……这几公里是多么漫长啊！现在我已经被冻僵了，风吹走了我脊背上的所有热气。应该让身体热乎起来了。我试着推着摩托车走……身体感觉暖和了一些。而且每走一步，离村子就更近一些。只要走到有人的地方就好了……

难道我真的骑到地方了吗？还有一个结了冰的道口，就能看到村子里的第一排房子了。我摔倒了，但是这次我并没有失去意识。这时，一个小伙子向我跑了过来。不，我现在一个人完全可以，我能自己走到医院。只是要快一点儿去，得赶紧去医院了……

医院的大门，敞开着。我摔倒了。这一切都结束了……我终于有救了……

人是顽强的！人的生命力是强大的！人获救之后大脑仍然可以再正常运转 20 年！人的大脑只被一层薄薄的皮层所覆盖，但这一层皮层却掩盖不住人的大脑活动——前额搏动的血管通过脉搏跳动的韵律、血管不断变化的起伏而准确地传达出人类内心的情感以及健康状况的变化，并不断地提醒着你：生命是如此的脆弱！

祈祷

上帝知道，我本来是不想去的。尽管来了条盼望已久的消息——保护区内发现了一只远东豹曾经在此栖息过的踪迹，可我对此消息突然产生了一堆的疑问,但又有什么办法呢？只好去一趟了。

一切都跟我的预感一样，这只不过是寻常的猞猁留下的脚印，并不是远东豹这种稀有动物的。一整天的时间白白浪费了！我陷入了思索，现在能做点什么呢？我不想回到护林队那里，一个人待在小木屋里，然后为自己和天黑之前回来的同事们做晚饭，这很无聊。我失落地望着四周的小山岗，突然发现，从早晨开始一直吹个不停的风已经停止了，冬日里灰白的乌云也随之消散了。蔚蓝色的天穹依偎着灰白色的山顶，发出耀眼的光芒。绯红色的夕阳温暖着、抚慰着冰冻了一个冬天的大地。

这一切多么令人心旷神怡！真的！要知道今天是春天的第一天！渴望摆脱人世间的纷纷扰扰的我爬上了小山坡，惊奇地发现这里的春天来临的所有征兆：大地已解冻，散发着泥土的香气，积雪泛着微蓝的光，幼芽已冒出了头，去年的绿草也羞赧地从冰晶下探出了头。

而树林里的颜色更是五颜六色、耀眼夺目！

一根倒木拦在了路上，它仿佛在邀请我坐下来，休息一下疲惫的双腿，尽情地享受一番宁静的春天和大自然，并把一天的体会记录在日记里。我拿出了日记本，纸张在落日的余晖中变成了粉红色，我在纸上悠然自得地写着。当我写到最后一句话时，我身旁的树枝突然断了，发出一声咔嚓声，树叶纷纷落下，吓得我的手抖了一下，在整篇纸上画下了七扭八歪的符号。茂密的树丛里，夕阳下，突然闪过一只野兽的身影。是老虎！离我非常近！我屏住了呼吸，希望别被它发现。现在我脑子里所有的思绪和情感都化作了一个想法——我的面前有一只老虎！

但它从树丛里走出来之后一下子就发现了我。它立刻向我走过来，耳朵支棱了起来，眼睛里闪着绿光。这种冰冷的目光直钻透我的内心，让我毛骨悚然。这是真正的野兽啊！我突然被老虎响亮的吼叫声震得全身战栗，这吼叫声仿佛是巨大的石块翻滚下来，相互撞击发出的震耳欲聋的声音。周围的一切似乎都因为这声吼叫而震颤！这是何等的嗓门！我清楚地看到老虎张开的大嘴里的牙齿，这种锋利的牙齿似乎都冲着我袭来！老虎晃动着脑袋，龇着獠牙，伴着飞也似的脚步，快速向我逼近。而我没有任何武器，只有一把折叠小刀！

我的两条腿像筛子一样抖个不停，身体则是摆出了拳击手的姿势。我的手无力地在面前挥来挥去，想要赶走这个不速之客。我吓得喘不上气，嗓子嘶哑，绝望地喊道：

“走开！从这里走开！我从没害过你！走开！”

老虎离我只剩几步远的时候，突然……停住了。我拼命地回忆以前听过的、读过的所有有关人类遇到大型猛兽时的表现。

“沉住气！不要背对着老虎！目光不要躲闪！不要做出剧烈动作！不要停止和老虎说话！”

我绝望地和老虎说着毫无意义的话，好像是在往它的脸上滋凉水一样。

“小猫咪，瞧你多聪明、多健壮，你为什么要动我啊？我们各走各的路吧！我走这边，你走那边。我不会害你的，我什么武器都没有。好吧？走开吧！求你了！放过我吧！”

老虎没有动。它的眼睛变成了黄色，深色的瞳孔渐渐缩小，它的眼睛转向了我的旁边。我也逐渐平静下来，僵硬的肌肉慢慢放松，刚刚一直忐忑不安，甚至已经提到嗓子眼的心终于回到了原处，一直打战的双腿也不抖了。冷静下来以后，大脑才能正常思考。刚才因为绝望而向上紧紧竖起的头发现在也平落了下来。

在我说话的时候，老虎没有攻击我，在我直视着它的眼睛的时候，它却不看我。或许，我可以冒险逃走？我慢慢转身，抬起颤抖的腿，后退了一步。干枯的树枝被踩断的咔嚓声透过我滔滔不绝的讲话声传到了老虎的耳朵里。它突然转过头，跟在了我身后，每走一步，它身上的皮毛都闪耀一下。

我转身看向它，紧盯着这位泰加林之王的一举一动。我的喉咙发紧，我努力克服着内心的恐惧，膝盖渐渐停止了颤抖，我的独白已经变成了祈祷，听起来更加有说服力，也更加平静。

老虎也平静了下来。它站住了，似乎有些冷漠地环顾着四周，完全是一副旁若无人的样子，但是它灵敏机动的耳朵并没有转移注意力，还在认真地监听着我的动静。而我一再恳求这只威严的野兽远离我，远离人类，再也不要这么接近人类！

我的舌头在不停地工作，可是我的脑袋里却要被这唯一的问题撑爆了：

“怎么办？怎么办？该怎么办？”

“点火柴？好主意！或许，该点根烟？万一烟味能扼杀住它想接近我的想法呢？”

我把手悄悄地伸进衣兜里去摸火柴盒，想把这一线希望寄予上帝。衣兜里竟然是空的！而备用火柴在背包里的侧面兜里。我的后背已感觉到背包里用塑料袋包裹着的火柴，平整地放在那里。

我试着把肩上的背包带摘掉，但这个动作却引起了老虎的躁动，它生气地向我走了几步，似乎马上要扑过来跨上我的脊背。我转身面向它，和它商量，向它哀求，希望它能改变主意，并小心翼翼地摘下了我的背包。这下救命的背包已经在我手里了！可我脚下一根树枝突然折断，发出咔嚓的响声。老虎瞬间转向我，它低下头，果断地向我走来。它每走一步，肩胛骨就在它的背上上下起伏，好像在丈量着走过的每一米。它那条如蟒蛇般粗壮的条纹尾巴从一侧甩到另一侧，仿佛催促着主人走近一些，再近一些。老虎的尾巴在空中肆意地甩动着，感觉它的神经已经绷紧了，竖起来的耳朵证明了它的意图是很明确的。我的手紧紧抓住了背包，手指都麻了，我无法让这个有着斑斓条纹的魔鬼停住脚步……

但是它再次停下了脚步，再一次没越过那条我向所有神明祈祷的并用人的意志力勾勒出来的界限。原来，老虎不能长时间地绷紧神经。它突然打了个哈欠，这让它那张凶猛而决绝的虎头瞬间恢复了它原本的模样。它的上下颌骨好似分开了一样，喉咙中发出低沉的隆隆声。它的神经松弛了下来，鲜红的舌头弯曲着，伸到外面，黏稠的唾液啪嗒啪嗒地滴在枯叶上，巨大而锋利的牙齿在阳光下闪着琥珀色的光。它打哈欠时咧着嘴，牙齿微微地颤抖，合上牙齿时则发出咯吱咯吱的声音。它打哈欠的时候，眼睛失去了凶狠的光芒。但是当它嘴巴一闭上的时候，它的眼睛却因我没完没了的祈祷而闪烁出神奇的黄色光芒。

打完了哈欠，老虎就开始用它的胡须和颊须在榛树的树枝上蹭来蹭去，以此来缓解紧张的神经。它咬下了一根树枝，轻轻咬着，发出咯吱的声音，似乎是在磨着每一颗牙齿。

也许，可以朝这个暴徒扔点什么东西？我用一只手在背包里摸到了一罐焖肉罐头。

“吃点牛肉吧！”

白铁皮罐子滚到了敌人的脚下。它用粉红色的鼻子在罐子上嗅来嗅去，眼睛开始发光，这只野兽很亢奋。我的手又从头上摘下了帽子，扔给它撕咬。

“给，恶棍，吃吧，噎死你才好呢！”

长毛蓬松的棉帽子被老虎的利牙咬得稀巴烂。我抬腿就跑，想要拼命逃离这只暴兽，却突然在一处化开雪的陡峭的斜坡上滑了一下，我……摔倒了！

因为这个意外情况，老虎哆嗦了一下，做好了向我跳跃的准备。绝望促使我马上站了起来，让我饱受摧残的灵魂重新发起力量来抵御这个“妖怪”，这个竖起毛、张着血盆大口的野兽正在径直地向我逼近……

它离我只有一步了。它的眼睛坚定而凶恶地盯着我的眼睛。这个目光使我失去了一切能力，除了念祈祷文，我没有任何办法让老虎不要迈出这最后的一步。

令人煎熬的几秒钟过得非常漫长，似乎有几十秒那么久……

老虎的脑袋低下了，它敏锐的目光与我绝望的眼神碰撞在一起。它胸部的肌肉动了起来，爪尖扫到了我的一条腿……

我的双手慢慢放下了背包，但对锋利的虎爪来说这丝毫不算什么障碍……

毫无出路。我的内心绝望至极。一分钟，两分钟，三分钟……

老虎的目光突然震颤了一下。它那位于眼睛上方、前额中间的一绺浓密的长毛开始颤抖。它用狭窄的鼻孔仔细嗅了嗅背包的气味。它的胡须非常有弹性，蹭在粗糙的帆布面上沙沙作响。空气中弥漫着的猫科动物身上特别浓重的气味被虎嘴里发出的令人作呕的恶臭盖过了。我后退了一步……而这只野兽竟然安静地伏在了我的脚边……

老虎结实胸部上的白毛好似奢华的白貂毛领子，给胸部中间的黑色条纹增加了几分光泽，肩膀以及身体两侧火红色的皮毛闪着火焰般的光泽。这些颜色的结合让虎皮看起来异常华丽，耳朵后面的小白点就像信号灯一样耀眼。粗壮有力的虎爪压平了去年掉落的厚厚的一层干枯叶子，锋利的爪尖闪着银光，在它宽阔的前额上印着一个令人费解的汉字，而它浅色的前额让这个字看起来更加明显。

假如能伸手摸摸这个泰加林之王就好了。这可是最高级的猫科动物。但是，你敢摸它吗？你敢跑开吗？

这个泰加林之王特别平静地伏在我的脚边，听着我的声音，我已经把祈祷文换成了对当代稀有动物的保护与前景问题，特别是对老虎保护的现状及其前景。可实际上，老虎是一种不知感恩、冷酷无情、凶恶异常的动物。总之，它是真正的霸王！

老虎色彩鲜艳的皮毛突然变得黯淡，因为太阳落山了。亮丽的皮毛慢慢地被覆上了紫色的余晖，它的眼睛里映着夕阳的色彩，使老虎与暮色融为一体。

难道我要和一只老虎在泰加林里过夜吗？！这可不行！我要立即离开这里！于是我悄悄地、小心翼翼地移动，不做任何剧烈动作，而我的声音听起来还是一样的坚定。只有坚定的声音才能解救我，防止受到老虎的攻击。我用背包里所有的东西以及我身上穿戴的所有东西来转移老虎的注意力，以能够摆脱掉它。

我刚动了一下，这只漂亮的老虎就马上站了起来，气势汹汹地向我靠过来。我站着不动，一直在说着话，它也站着不动，在认真听我说。我试图向后迈了一步，老虎的獠牙马上就露了出来。我向后退一步，老虎就向我靠近一步，黄昏的霞光已落在它的身上。

我的声音越来越大，已经大到了极点，在这个死一般寂静的黄昏里，我的声音是那样的不自然、不协调。我一边努力掩盖走路发出来的声音，一边与这个顽固的捕食者保持一定距离。我每迈出一步，脚下被踩断的树枝就咔嚓作响，这时老虎也迈出了具有威胁性的一步。

终于我退出了第一步，第二步，第三步。我正在远离它，我离这个该死的地方越来越远，尽管老虎一直在充满敌意地盯着我。我笨拙地向后倒着走，后背撞在了树上。

我眼前深蓝色的天空也突然摇晃了一下。我滑倒了！都怪这个该死的山坡，上面的积雪在这一天之内融化了许多！我的一只手绝望而拼命地抓住身边的树枝。但是太晚了！身体的剧痛慢慢传递到脑袋上，我摔了个四仰八叉。周围深色的树影落在了我的身上。忽然之间，一个熟悉，非常熟悉的东西出现在我的眼前……它正在靠近我，变得越来越大，越来越大，遮住了我眼前的天空……啊，这是老虎的脑袋！我拼命地挥手想赶走它，却不知怎么，一捆绳子从我的手里飞了出去，直接飞到了老虎的嘴里，它的虎牙被套住了。我的腿不由自主地在山坡上一撑，我站了起来。我用一只手把背包紧紧搂在胸前，另一只手死死抓住一棵树。旁边的老虎用下颌的牙齿把结实的尼龙绳一块一块地咬断了。

我脑袋里的疼痛感消散了，我恢复了知觉，而我的腿，我的救命之腿也恢复了力气。我迈出了第一步，第二步，第三步。我的手在背包里摸索着新的能投掷出去的东西。我的舌头又满血复活了，向这位森林之王祈祷着：

“你别再追我了，别再戏弄人类了！”

我从背包里拽出来一条无袖的毛皮坎肩。浅色的新羊皮坎肩吸引了老虎的注意力。老虎轻轻一跃，我手里的坎肩就一下子从手上飞到了一边，老虎毫不留情地撕咬着，把坎肩从一边叼到另一边，被扯掉的碎片掉了一地。老虎的牙齿一松，羊皮坎肩的碎片被踩在这个泰加林之王的脚下。它现在在思考着一件事：这个羊皮坎肩闻起来有人的气味，看起来却是非常熟悉的柔软的羊毛，就是颜色太浅了。它饶有兴致地把这件羊毛坎肩撕成碎片，然后再抛在周围！但是真正的活人正在逃跑，再走几步，这个口里念念有词的、笨手笨脚的双腿动物就会躲在小山丘后面了。

晚霞的光照在地面上，霞光提高了老虎的狩猎本能，催促它赶快解决这个奇怪的陌生人。于是它的捕猎行动开始了！

老虎的捕猎规则是将身体紧贴地面，与森林的落叶层融为一体，在树木之间像幻影一样移动。只有踩在一天之内未化尽的积雪上发出的轻微的咔嚓声以及踩在枯叶上发出的簌簌声才会暴露自己。它会直接拦住猎物的去路。它会用惯用的方法拦住猎物的去路，然后找一个适当的位置跳到猎物的肩膀上。但是不知道为什么，这个猎物并没有藏起来或者逃跑，也并没有停止对视它的眼睛，还在没完没了地说话。只有这样说话才会使它感到恐惧和不安，从而驱赶了它习惯性的愤怒。而老虎还在滑稽地用爪子从皮毛里扯出一些陌生的东西，这些东西散发着特有的气味，让它感到很有意思、很稀奇。但它无论如何也走不到猎物的身后去攻击他。或许夜晚能压制住这个人的目光吧，让他的眼睛无法正视泰加林之王。暂时不能让他沿着小山岗往山泉那里走，那里的尽头有一条通向人类居住地的道路。但是春天的黄昏来得实在是太晚了……

小山岗的陡坡越来越陡，陡坡阶梯式地下降，与山泉衔接在了一起，这是一个从上往下跳的最佳位置。怎么办呢？据肉眼观察，这个陡坡延伸得很远，不能再犹豫了，趁着积雪还能反射出夜空微弱的星光，要赶快跳下去！趁着天还没完全黑下来，趁着暂时还能看见老虎，我必须快点逃走！

我紧紧抓住幼嫩的橡树，滑到附近的陡坡上，这里原来有一棵高大的雪松，被一场台风连根拔起了，雪松的树根还带出了几吨泥土，这些泥土就形成了现在的陡坡。老虎立刻轻盈地跳到我刚刚站立的位置，时刻准备着进行最后一次的跳跃——它的虎爪紧张地收缩起来，它的后背拱成了弧形……

我绝望的惊叫声吓得老虎失去了平衡，它的身体抖动了一下，虎爪滑了下去，这只巨大的猫科动物竟无助地滑到我的脚边……

从老虎的脸上可以明显察觉到它的慌乱和极大尴尬。它转过脸去，刻意地放松下来，放我彻底滑下这个陡坡。

距离树林不远处有一个平坦的地方，那里的山泉哗哗地流淌着，但是这时天意外地黑了下来，黑夜笼罩了四周，老虎在黑夜中消失不见了。也许老虎离开这里了吗？当然不是，它刚刚还非常坚决地跟着我滑下了陡坡。它可能是在附近某个地方悄悄地藏起来了。山泉哗哗的流淌声盖过了附近所有的动静。我的眼睛努力搜索着黑漆漆的泰加林。什么可疑的动静也没有。只是在旁边的树林之间出现了一道光影，几分钟前这里还漆黑一片呢！我在附近渐渐看到了模糊的身影。老虎正在朝我这里走过来！我深吸了一口气，用疲惫而沙哑的嗓音使劲地念着祈祷文，漆黑而寂静的夜晚，把我的声音衬托得荒谬且不自然。祈祷文就和我一样，努力地在黑暗的泰加林里穿梭着，不时地撞到树枝，这些看不见的树枝也时不时地刮到我的眼睛，让我每走一步都绊在树根、倒木或者树桩上，或掉进坑里。老虎在与我上一次跳跃时的距离处伏着，没有动弹。到底是什么拦住了它呢？是什么让它没有跳出最后一步呢？为什么它总是在它的猎物最无助的生死关头而停下来呢？

我绕着隐藏起来的老虎走了半圈。它跳了几下，缩短了我们之间的距离，在黑暗中时常看不见它的身影，它一直在选择一个适合的时机来进攻。我凭着一种直觉，猜测着它在哪里，在采取着什么行动。于是我在漆黑的泰加林里转着圈，多么神奇啊，我竟然没和它迎面撞上。

老虎突然消失不见了。我感觉到它已不在附近。这使我变得更恐惧了。它想干什么？它藏在哪里了呢？我小心翼翼地向山泉那边走去，绕开了老虎可能躲藏的所有可疑的地方。树木之间已经出现了光亮，泉水也反射出了微弱的光芒。我突然感到有什么东西意外地一跳，一个黑影出现在我的面前。我使尽最后一丝力气，大声地骂着它，拼命地踩着沙沙作响的树叶，在折断的树枝以及解冻的地方跺着脚。我折断树枝，朝这个冷血动物的方向扔过去。黑夜里，看不清老虎脸上的表情，只能依稀看见它坚定的轮廓，只见身影变得更加修长、更高，这说明，老虎正在朝旁边的方向走去。

我急匆匆地、跌跌撞撞地踩在泉水里光滑的石头上，我一遍遍地监督着我的脚千万不要踩空，千万不要滑倒，以免直接摔倒在守候在我身边的老虎面前。我穿过了山泉。我回头仔细观察着对岸：老虎已走到水边，俯下身来，发出很大的喝水声。它高高地抬起头，认真地注视着我，看着我是如何跌跌撞撞地走完最后几米才走到路上的。

我已经走到了路上。在平坦的路面上，我的腿快速地行走起来。每走一步，内心的紧张感就减弱了不少，常人无法忍受的疲惫感也突然向我袭来。我的头脑中只有一个念头："我曾向老虎祈祷，祈求它不要吃掉我，现在我向上帝祈祷，祈求早晨之前不要下雪，所有痕迹都不要被盖住，否则同事们是不会相信这件事的，他们会嘲笑我的……"

我从未这样忏悔过，也从未向任何人这样祈祷过……

罪过

“哎，主人！帮帮忙吧，让我在您这儿住一晚，行吗？”

我的声音勉强透过嘈杂的雨声和狗叫声传进烛光摇曳的窗户里。

下着瓢泼大雨，天色也变暗了，我不得不找个过夜的地方，这远比支帐篷、点篝火容易。我有一种强烈的预感，这附近一定有人居住。

我迅速穿过流淌着小溪的山谷，进入湿淋淋的树丛，发现有人的脚印，并在树林里意外碰到一条被踩平的林间小路。在泰加林里，在这种地方，这样的小路通常通向养蜂场或者猎人过冬的小木屋。的确如此！从小溪再走几分钟，就是我曾钓到过当地的远东红点鲑的地方，前面有一片空地，这里就是养蜂场了，有暖蜂房和大棚，木房子很大、很结实，栅栏也很坚固。

“怎么能找到这种地方呢？”微微打开的门里面传出来不悦的声音，“是谁啊？有什么事儿啊？”

男主人本想要把我拒之门外。养蜂人向来不喜欢不速之客，因为许多穷凶极恶的人在泰加林里流浪，一不留神，就会给自己带来麻烦。

这时我想起一个本地人讲过的一些事，于是我装作同乡人："您好，我是莫扎耶夫的孙子。想在您这儿避会儿雨。"

门吱呀吱呀地响了一阵子，仿佛是在和半信半疑的主人商量一样，然后才被不情愿地打开了。

"进来吧。"

透过门上的缝隙，依稀可以看到宽敞的门厅和小木屋入门处的光亮。我使劲地在台阶前的金属网格地垫上蹭了蹭靴底后走进了门厅，在角落处摘下了背包，取出换洗衣服，换上了一身干衣服。接下来，我拿出几袋食物，把手伸进袋子里，挑着比较好吃的东西，单独拿出了用于做鲜鱼汤的10条大鲑鱼，然后我礼貌地敲了敲门，走进了屋里。

屋里弥漫着养蜂人独特的气味。屋里很暖和，空气中充满了蜂蜜、花朵、青草的香气，灿烂的阳光照在草莓地里的味道，以及夏季里茂盛的植物的气息。烛光摇曳着琥珀色的光芒，周围弥漫着浓浓的蜂蜜的香气，干净的白墙也泛着暖意。刷着油漆的地板上铺了一条手工编织的长条地毯。屋里有一个火炉，外围摆放着一张桌子和一条长凳，还有一个通向里间的房门。桌子上有一根蜡烛和一本书。

我把自己的伙食放到桌子上，再单独放好视若珍宝的小酒壶。养蜂人从里间走了出来。他一声不响地摆上简单的晚饭：还热乎着的土豆、一块黄油、一个葱头、一小碟蜂蜜以及一壶刚沏好的热茶。他摆好一个叉子、一个汤匙和一个杯子，很明显，他自己并不吃，然后就拿起一本书，一言不发地回到里间，随手紧紧地关上了房门。

真是一个奇怪的人啊！按照俄罗斯人的习惯，有谁不在酒桌上打听打听国际大事呢？有谁不关心关心政治呢？有谁不去聊聊生活琐事呢？又有谁不去和对方好好认识一下呢？而这个人对我甚至连看都不看一眼！算了吧，不管怎么说，至少还是让我进来了。

我不紧不慢地吃着晚饭，一边听着雨声，一边捉摸着：这个主人是个什么样的人呢？刚才我没来得及好好地看他，他似乎岁数不大，40岁刚出头，个子很高，有点驼背。看起来是个会打理家务的人，房子收拾得干净整洁。看得出，他的手很巧，家里的烛台是用罐头盒制作的——铁皮剪得很精致，被弯成别致的钉子形状，均匀地分布在罐头盒边沿上，形成了一个有创意的造型。这是富有想象力的创作，他竟然能做出这么漂亮的物品！

刚才桌上放的是一本什么书呢？他怎么把它啪的一声合上并把它带进里间了呢？好像是《圣经》。他为什么拿走了呢？真奇怪。现在大家都喜欢读侦探类和冒险类的书。而在泰加林里，在养蜂场里，却有人读《圣经》！

苏维埃政权执政的70年后，在整个滨海边疆区这么大的地方也只剩下两三座教堂！即使这样，这几个教堂还都是在最大的城市里。而从这里去最近的城市比登天还难啊！很快我也要走这条路了，因为我的假期就要结束了，我要回城里了。雨快点停下来吧，我好在假期剩余的几天里尽情地捕鱼，尽情地呼吸泰加林里清新的空气。

现在我感到全身放松，睡意蒙眬，飘飘欲仙。有时候，一点小小的满足感就会让人感到无限的幸福！窗外，9月的泰加林阴雨连绵，寒风刺骨，但是屋里却很暖和、舒适、安静。是的，我太幸运了，没有在帐篷里听着雨水砸在帆布上嘀嗒嘀嗒的声音来消磨一整晚的时光。

我大声地对主人表达着谢意：

“谢谢您，主人！如果不是您的帮助，这一夜我能去哪儿过呢？”我一边收拾桌子，一边故意把餐具弄出声音。主人还是一声没吭。好吧，我自己会安置好的。我吹灭蜡烛，走进门厅，打开小灯，躺在角落里。

外面风雨交加，我努力地想睡着，可就是睡不着。思绪万千。而雨一直下着，时而小雨时而大雨，落在本就潮湿的泥土上……

夜里，养蜂人几次走到门口，站在雨中，他深深地叹着气，时而走进门厅。他似乎不好意思叫醒陌生人，不好意思和陌生人聊天，也不能和陌生人攀谈来打发睡不着的时光。

黎明时分雨还在下，微弱的霞光照进了窗户。雨水敲打着屋顶的铁皮，发出有节奏的嘀嗒声。透过窗户可以看见一棵枫树，雨水打在红色的枫叶上，枫叶微微摇晃，发出沙沙的声音。耷拉下来的枫树枝在风中摇曳着，抖落着水珠，打在房檐上，噼啪作响。

我躺在那里思考着：这种天气能做些什么呢？最好能留在这里，等雨停，但是，这里的主人好像不太欢迎我。

门厅的门被推开了，养蜂人走出来。他连看都不看我，就拉下门闩，用肩膀推着因为受潮而胀大的外门。门被推开了，外面下着倾盆大雨，一股凉气瞬间涌了进来。

养蜂人站在门口，抬头望着低垂的乌云，大声地叹着气，打量着蜂场。他突然“哎呀”了一声，脸色大变，像个醉汉一样后退几步，然后跑进了屋里。

一定是出事了！我迅速地从舒适的睡袋里钻了出来，跑向门口，差点被跑进来的养蜂人撞倒。他手里拿着枪和子弹夹，根本没理会我，双手不受控制地哆嗦着，努力往双筒枪里装着子弹，用嘶哑的声音小声说道：

“讨厌鬼！讨厌的家伙！看我怎么收拾你！……”

隔着他的肩膀，我努力地透过雨水想要看清楚外面到底是什么东西。在暖蜂房那里，一棵大树下面的狗窝旁边，有一个棕黄色的东西在微微晃动。竟然是……一只老虎！

老虎静静地站在那里，像个主人似的，嗅着暖风房下面的一个窟窿，显然那里是狗藏身的地方。

子弹上膛后发出了啪的一声。没有时间思考，我抓住了他的枪，对他大喝道：

“你在干什么，大叔？你疯了吗？老虎可是列入红皮书的禁猎对象！”

然后我使出全身力气按下他的枪，让枪口冲着地面。

养蜂人只慌了一下神，然后用力一拉火枪，疯狂地朝着各个方向开枪。我拼命地拦着他，将黑色的枪口拉向上、下、两侧。

“撒手，你这个蠢货！”他气哼哼地对我喊道，“它把罗姆卡……我侄子咬死了，你这个蠢货！靠边！……一边去……”

然后他猛地向后退了一步，给了我一拳，打得我的牙齿咯咯作响，我的头向后仰去，摔了个四仰八叉，我的后脑勺磕在了一个又尖又硬的东西上。

我的眼前一片漆黑。我感到脑子嗡嗡响了起来，冒着金星，似乎是五颜六色的萤火虫围成圈儿，闪烁着明亮的光芒，成群地飞舞着，它们飞来飞去，转得人头晕目眩。我的后脑勺一直在嗡嗡响，有一种要炸裂的感觉……

还记得，很久很久以前，在我小时候……每当我困意来袭的时候，我的腿和胳膊就会自觉地爬上床，让我乖乖地躺下。而每当我躺下的时候，一闭上双眼，白天发生的事情就一幕幕浮现在脑海里，这让我又兴奋一阵子，然后困意又悄悄袭来，我又迷迷糊糊起来。而现在，困意再次悄悄地、不知不觉地来袭……

外婆在隔壁屋里祈祷着。她单调重复的祈祷声透过我的绒毛枕头传进了我的耳朵，赶走了我所有的思绪。伴着她的祈祷声，我迷迷糊糊地进入梦乡。

但是现在那个人似乎正在等待着什么。我躺在地上，耳朵紧张地捕捉到他零星的几句话、几个字、短语、单词，接着又慢慢地昏厥了过去。

“上帝，请饶恕我……”

亲爱的外婆，我要向您解释多少次啊，上帝是不存在的！

“上帝保佑……”

好吧，您是如此的善良，您有什么事情要请求原谅呢？

“以圣父、圣子和圣灵的名义……”

好吧，就这样吧。明天我会把圣像藏起来，让您找不到圣灵。而且上帝什么都帮不了您。

“愿上帝保佑我，愿上帝大发慈悲，赦免我的罪……”

这个祈祷词太奇怪了，外婆从来没有这样祈祷过。

“让我的过错离我远去吧，请洗净我的罪过吧，我已知罪，我现在打开心门祈求上帝……”

这好像不是外婆的声音，而是我爷爷的声音！

“让我的过错离我远去吧，请洗净我所有的罪过……”

我怎么这么糊涂呢？我爷爷根本不是教徒啊！他是第一批共青团员，上过战场的老兵，也是农业委员会主席。他的妻子，也就是我的奶奶也不是教徒，而是集体农庄庄员，还是先进队长呢！

“上帝啊，请赐予我纯洁的心灵，净化我的灵魂……”

而我外公在战争中失踪了。他的妻子，也就是我外婆，每天要为我外公祈祷。

“上帝慈悲，拯救我吧……”

那么，这到底是谁在祈祷呢？我的眼睛微微睁开，我看到了昏暗的光线。我闻到了陌生的、不是儿童身上的气味，还听见了源源不断的噪声。就像是在多石滩的河流旁边有很多人一样，我也坐在河边，我在那里捕鱼，我在度假，我在泰加林里。

我不明白这究竟是怎么一回事。我睁开眼睛，看着陌生的天花板，听着陌生的声音和陌生的祈祷。我这是在哪儿呢？

我试着转头，但是疼痛感让我瞬间瞪大眼睛，从我的胸膛里发出了一阵呻吟。我想起来了。养蜂人——这个大混蛋！他是一个野兽——简直就不是人！

我试着站起来，但是光刺得我的眼睛很痛。

“你安息吧，亲爱的人儿，”我听见了附近的声音，“请原谅我的罪过吧。”

这个声音听起来很绝望，我惊讶地睁开了眼睛。

这个罪人双手抱着头坐在桌旁，绝望地看着窗外。他整个人看起来垂头丧气的！

“上帝！”他突然声音低沉地说道，“上帝啊！接下来我的日子该怎么过呀？上帝啊，你告诉我啊，为什么你要这样惩罚我啊？”

他的双手无力地垂在桌子上，低垂着脑袋，肩膀颤抖着。

“大叔，你是怎么回事？”我艰难地开口问道，“你为什么这样对我？如果你把我打死了怎么办？”

长时间的沉默。

“请你原谅我吧，小伙子，对不起。我不会原谅自己的，我的罪过太多了。我在这里打了一辈子猎，我和领导的交情也不错。我射死了多少只野兽啊！数以百计的野猪、马鹿和鹿。一年四季，不管是春夏秋冬，还是白天黑夜，我都在打猎。在这里我有什么可怕的呢？在这里都是朋友，都是自己人。

“有时，能发现老虎，也会朝它开枪。老虎这种猛兽很危险。它是所有动物的威胁，它要么把狗拖走，要么咬死谁家的牲口。十年前，一只老虎在泰加林里吃了一个拖拉机手，后来上级领导开始害怕在老虎的栖息地打猎。谁要是射到了老虎，谁就会被视为当年的英雄。谁要是杀死老虎，谁就可以向朋友们炫耀一下，吹吹牛，然后再把被打死的老虎丢给乌鸦。打死老虎有什么用呢？把虎皮挂在家里已经不时兴了。

“我开始嫉妒他们，我打死过那么多只老虎，但我并没有发财。而且，命运好像成心和我作对一样，我很难再碰见老虎了。那也没办法，不走运就不走运吧。有一次，我看到了一只母虎带着 3 只小虎崽。你能想象到吗？带着 3 只小虎崽啊！母虎喂养 3 只小虎崽，它把小虎崽保护起来，再把它们养大！我一动不动地站在那里欣赏着大自然赋予它们的美。但是，手却不由自主地滑到了扳机上……

“但是我并没有开枪，我放下了枪。我只有一个人，而它们一共是 4 只老虎呢。我要是开着车，在路上遇到它们，我不会思考这么长时间，我可能会直接从车上开枪射杀这 4 只老虎。

“我在泰加林里晃荡了将近一年，但是一只老虎也没有碰到。森林里有很多老虎的脚印，但跟随老虎的脚印追踪老虎，这是一件很冒险的事情。即便你追上它，又能怎么样？它能不停歇地跑上 50 公里的山路。

“有一次，我晚上开着卡车去打猎，专门开着远光灯直射。在这种情况下，我比其他人的成功率更高。我瞄准的能力不错！在黑暗中，只能看到动物的眼睛，其他的什么也看不到。这时，必须要觉察出野兽的哪一侧身体冲向你，哪里是它的死穴。

“那年春天，许多动物来到了刚刚长出苗的麦田里。因为冬天没有青草，动物们都饿坏了。我把车开到了地头，打开了前照灯，一下子就发现了很多猎物！田地的右边有一群狍子，左边有几只马鹿，在它们中间，一只老虎的眼睛正闪烁着绿色的光。

“这下可好了，我想，这回我能买得起日本车和一套房子了！我瞄准了老虎，开了一枪。它嗖的一声跳进树丛里。从它跳跃的姿势来看，我打中了它。我很高兴。我决定天亮了去找它，如果它还活着，我就再给它补一枪。

“到了早上，我决定带上一个搭档，去找那只受伤的老虎，这样才能更保险。那我该请谁和我一起去呢？这个人必须可靠，还不能走漏风声。这样的话只能找亲戚和我一起去。于是我找了侄子罗姆卡，他刚退役回来，枪法很准，他从小就会打猎，但是他不喜欢打猎，因为他不喜欢猎杀动物。

“即便如此，我还是说服了他，我们出发了。我们来到了那片麦地，发现了老虎的踪迹，老虎的血滴在了草地上和树叶上，于是我们开始小心翼翼起来。一开始发现有大量血迹，然后血越来越少。最后，我们找到了老虎藏匿的地方，里面有很多鲜血，然后血迹就没有了，这就意味着老虎舔净了伤口。有的地方还能见到已经干涸的血迹，仅此而已，就再没有其他任何踪迹了。而且，老虎爪子留在干草上的脚印也不见了，因为被老虎踩倒的叶子和小草在阳光的照射下会恢复原状。很明显，老虎是顺着山泉的方向逃走了。

“我们开始顺着山泉的方向寻找老虎，但是我们之间的距离不太远，能看见彼此。那个地方的山泉旁到处都是倒木，河岸很高，树丛很茂密……

“可是眨眼之间，罗姆卡就在树丛里消失不见了。老虎扑向了他。小伙子开了一枪，大声叫喊……我却没来得及救他！

“一年过去了。我不再打猎了。我被判了刑，上级领导为我求了情，我就被释放了。我非常痛苦。不论是白天还是晚上都焦躁不安。我本来想开枪自杀，但是我的孩子还住在区中心，他们还太小。

“我不想见任何人。我本来也不想让你进来的，但是，你爷爷是我的亲戚。我非常尊重他，你爷爷救过我父亲，让他免于被枪杀。我们都是在这一带出生的，都是亲戚。这个村庄曾经非常富裕，但是一切都成了泡影——当时我们的很多人被流放了。这个村庄曾经是有名字的！这是一个光荣的村子！

“我就是这样备受着命运的煎熬，一直在干活，在祈祷。祈祷后再继续干活……”

男主人沉默着。窗外的雨沙沙作响，他一边嘟嘟囔囔地说着话，一边掉着眼泪，他为这片土地上没举行过安魂祈祷的人和没被哀悼过的人而哀悼，为他们进行安魂祈祷。

“愿上帝保佑，我已知罪……”他双手掩面，突然说道。

“上帝啊，主啊，愿无辜奴仆罗姆卡的灵魂能得以安息，请饶恕他所有有意犯下和无意犯下的罪过吧，让他上天堂吧……”

罪人发自内心地祷告着。祈祷声从这温暖而舒适的蜂房中传了出来。他祈祷的声音经久不息，荡漾回转，与冰冷的雨滴声交织在一起，分不清哪里是雨声，哪里是祈祷声。祈祷声渐渐变小，凝固在空中，像水蒸气一样慢慢飘向空中，飞到天堂……

意外发现

又是白忙活的一天。到处是脚印，但根本看不见野兽的踪迹，它们就像钻进了地缝一样！筋疲力尽的我们蹲在避风的小山坡坡底，看着正在落山的太阳，听着呼呼的风声。已经刮了一天的风，丝毫没有减弱。腿就像灌了铅一样，酸痛难忍，一动都不想动。想到达村子却还要走崎岖难行的几公里的路。

但打猎的意愿远远胜过了身体的各种不适。只要我们忽略了肌肉的疲惫，只要我们想去位于附近小山岗南麓长满杂草、树木丛生的密林，只要我们想去那里察看一下，那么我们就只能义无反顾地出发。

我们约定好会合的地点后，就分头行动了。我所在的这个地方，有时能听到野兽逃跑时树木折断的声响，而且用手一摸它们的藏匿之处，还能感觉到它们的体温。四周都是密密麻麻的榛树。狂风肆虐。但无论什么困难，都算不了什么！如果是命运的安排，那就听天由命吧！能否打到猎物现在都不重要了。于是我毅然决然地回到了会合地点。

老远我就看到我的搭档脸上心满意足的表情。难道他捕到猎物了？难道说这次我们不会空手而归了？急切地想知道他是否有令人高兴的好消息，我不由得加快了脚步。

“怎么样？”

“打到一只兔子。”搭档自豪地说。

“那你有什么可得意的呢？行吧，至少还打到了一只兔子，也不错了。”

“还……我还发现了一只老——虎。”

“什么，老虎？！你怎么发现的？在哪儿？”

“就在那边。兔子跑到了树丛一边，在离我不远的地方突然停下了。于是我砰的一声，打中了它，它就死了。我把死兔子装到背包里，继续往前走。

“大概走了 50 米远，透过树丛我看到一个浅沟里有一堆骨头，似乎是一些肋骨。我想啊，我得去看看这是什么动物的骨头。于是我走了过去，竟然是……一只老虎！一只死老虎！它侧身倒在地上，伸着爪子，身上的毛已经打绺儿，头向后仰着，眼睛紧闭。看样子已经躺在这里很久了，全身已经僵硬。它也许是被人开枪打死的，也许是在垃圾堆里吃了什么东西中毒了。但乌鸦并没有分食它的尸体。我在距离它 10 米远的地方站住了。我心里特别害怕，要知道我从来没见过真的老虎。于是我侧着身体向后退。我在这等你，等了很长时间，我想应该把它带回去。”

太阳从云里钻出来，慢慢地落到山后，天色变暗，黄昏来临了，这个季节天黑得特别早。

“都这么黑了，还往哪走啊？”我说，“回家吧，明天我们开车带着经验丰富的老猎人过来，再把它弄回去。”

晚上我们一直热烈地讨论该如何处理这只意外发现的猎物。夜晚很漫长，我们虽然很疲惫，却没有丝毫睡意。大家都没想好，最好在哪里把这只死老虎的尸体解冻，怎么完整地剥下虎皮，尸体的其余部分该怎么处理。

生活中经常会有让你意想不到的事情！有些事情是你想都不敢想的！一整只老虎呢！谁能想到天上会掉下来老虎这么大的馅饼呢？它还是自动送上门的，这真是意外发现！

这是猎人的战利品……这是我们辛苦捕猎的战果，是对我们冒着生命危险跨越几十公里山路的奖赏，是我们用生命的顽强与脆弱、永恒与短暂、悲伤与快乐换来的奖赏。快乐就像树木繁衍生息的过程一样，低调而奢华；快乐就像水声潺潺的溪流冲走蓝色凤蝶飞舞环绕的花朵一样，艳丽且绽放光芒。生命是一种欢乐，它滋养了万物，同时也是万物之源，它带给人们最光明和最崇高的希望。即使在最沮丧、最失意的日子里，生命也会永远支撑着你。最终，生命会用其他生命——战利品来奖赏你。谁会知道这种战利品真正的价值呢？无论野兽皮毛是否有光泽，无论鹿角是否硕大，只有捕猎到它的人才能真正感受到战利品的价值和意义。这是上苍赠予猎人的礼物，是犒劳他辛苦付出、坚韧、耐心、智慧和顽强的礼物……

战利品就是礼物，是来自生命的礼物，也是犒劳生命的礼物，这是上苍赐予人类的礼物，因为你与大自然息息相通，你热爱它，了解它，感知它，你身在其中，你是它的一部分。

但禁止捕猎的呼声越来越高，尤其是反对人们吃活物。只有恶人才会和自己身边的人为野兽心脏上的枪眼而欢喜雀跃。说什么不欺负“弱小兄弟”的人才是真正热爱大自然的人。纯属谎言！你不可能爱上你不知道的东西，对于仅仅通过电视屏幕所看到的，透过车窗和飞机舷窗所看到的，仅仅从照片上所见到的，以及那些没有触摸过、没有闻过、没有听过、没有欣赏过的东西，怎么能谈爱呢？谁能真正了解并做到爱大自然呢？只有猎人才能做到。大自然已经千百次地证明了这一点。

你可以试着去找找有没有不伤害生物的人。农民能做到吗？他亲手喂养家畜，再亲手杀死它们。农民一辈子都在除杂草、改良土壤，也就是给每一处良田排水、灌溉、重耕、施肥。但是土地不知道为什么会因此而变得日渐贫瘠呢？周围的环境为什么会发生变化呢？甚至会严重恶化。

那么城里人能做到吗？他们建立了各种轻工厂和重工厂，周围的生物和他们自身都深受其害。他们一旦进入大自然，就会贪婪地从中索取更多东西。他们侵占大自然仅剩的空间，铺设新的道路、输电线、电缆和天然气管道。那么素食主义者能做到吗？但谁能证明植物没有生命呢？只要你碰一下含羞草，它就会因为触碰而将叶子合拢，低垂下来，而与它同属豆科的其他种类的含羞草却能长成参天大树。在温度和湿度条件不够的情况下，种子是不能长期保存的。但只要超过一定温度、湿度和光照，那么看似“毫无生命力”的种子就会破土而出。

人类在大自然面前就是罪人。令人遗憾的是，在可预见的将来，人类依然不知悔改，他们将会为自己创造恶劣的生活条件，且没有能力改变现状。尽管他们使出了浑身解数，也无力回天。

也许，人类还算不上什么恶人，毕竟要想在这片土地上生存就要以其他生命作为代价，这是自然而然的事。那么，大自然以人类的生命为代价，也是自然而然的事。当我们依赖这个星球的大自然生活时，利用其他生物同样无可厚非。只要不打破彼此间的平衡就好，人能吃饱，大自然也就会与人和谐共生。但遗憾的是，唉，只要有人的地方，人与自然之间的平衡就早已被破坏了。而且已经失去的东西是不可能失而复得的。人类什么时候才会觉醒呢？什么时候才会聪明起来呢？

直到早晨我们才睡了一会儿。天一亮我们就起床了。找好了斧头，可以在树丛里开路用。准备好了绳子，是用来拖拽老虎的。我们还去了老猎人那里，但他不在家，因为今天是星期日，他出门打猎去了。也去了其他经验丰富的猎人那里，但谁都不在家，好像是故意躲避一样。我们的热情也不那么高涨了。既没有车，也没有人一起去，真不走运。可是老虎还躺在那儿呢，万一被别人抓走了怎么办？午饭前，才来了一辆顺路车，它只要把我们送到地方就行。我们只需要把老虎从山上拖下来，然后再想办法吧。

我们急切地爬上了山。远处乌鸦哑哑的叫声引起了我们的注意，它们好像就在死老虎躺着的那个地方。我们径直向叫声传来的方向走去。山坡很陡，我们还要花不少力气拨开挡在前面的茂密灌木丛。一群乌鸦失望地拍打着翅膀，不费吹灰之力地从陡坡处的草丛里飞了出来。它们不会把我们的整只老虎肉叼光了吧！什么都躲不过它们的眼睛！可被它们饱餐的并不是我们的那只老虎，而是一只鹿的残骸。周围到处都是老虎的脚印。是的，它昨天在这里饱餐了一顿，它几乎吃掉了一整只鹿，看来，它已经饿了很长时间了。但是，我们昨天发现的那只死老虎跑哪儿去了呢？

我第一个找到了昨天我搭档的脚印，他在我身后呼哧呼哧地喘着气。就是这个地方，他昨天就在这里站着踩出了很多脚印，他在这里开枪打中了一只兔子，接下来我又发现了兔子的爪印和血迹。他就是在这个地方把兔子丢到背包里的，然后就蹑手蹑脚地离开了。现在他又站在这里，身边应该有一只死老虎，但是老虎的脚印在这里突然中断了，然后在相反的方向又出现了老虎的脚印。山坡的坡底有一个很大的老虎窝，老虎应该去了那里……

“你发现的那只死老虎在哪儿啊？”我回头问我的搭档。

他扶着一棵大树，脸色发白，嗫嚅地说：“幸亏我当时没靠近它。”

虎口脱险

“哎，伊万诺维奇，你说我怎么这么倒霉呢？你差不多每个月都能遇到老虎，而我呢，在这里已经住了10年了，一次都没见过。只见过它的脚印。”

林场场长彼得罗维奇不知为什么突然大喊出这句话，他的声音高过了汽车发动机，他本是坐在那里打着盹的。

“你怎么了，彼得罗维奇？你做噩梦了吗？怎么你没见过老虎吗？没见过又有什么大不了的！尽管这种野兽既让人喜欢长得又漂亮，但我每次见到老虎时，都是心惊胆战，心里特别不舒服。乌德盖人是这么说的，遇到老虎你就要厄运当头了。”

木材运输道路上的雪辙在倒木和狭长的山溪河谷之间穿梭，高低起伏，蜿蜒曲直。木材运输车小心翼翼地沿着道路上的车辙行驶着，上坡时以最大的转速爬行，发出了巨大的轰鸣声，因为今天装载的木材量超过了以往的任何时候，大约有14立方米。是的，绝不少于这个数。

“哎，彼得罗维奇，你跟我去采伐区时一路上都在睡觉。而这次，才走了一半的路，就像被谁撞了一样，大喊道：‘哎，伊万诺维奇，你说我为什么就遇不到老虎呢？’当然，遇到老虎的确是件有趣的事儿，哪怕见过一次也行。但这的确要看运气！

“我父亲在自然保护区当了一辈子的护林员，但一次也没有见过老虎。他听到过很多次老虎的吼叫声，也按照老虎的脚印追赶过，但就是没见过。没什么，就是运气不好！你还记得吗？前年，一个住在莫斯科的远房亲戚来我这儿待了一天，她从来没见过泰加林！当时她乘坐的大巴车正要从山口下坡，突然有一只母虎带着两只小虎崽在穿行道路，母虎穿过去了，可是小虎崽在看到大巴车后，就像遇到危险要先埋伏起来一样趴在路中间。我亲戚说，这两只小虎崽紧紧靠在一起，一动不动地瑟缩成一团。

“大巴车停了下来。在它前方 15 米的地方有两只小虎崽，母虎站在路边的水沟旁紧张地看着它们，尾巴在雪地上甩来甩去。好美的画面啊！

“母虎咆哮了两声，这个时候小虎崽才一个跟着一个地退到了水沟那里。它们紧紧地依偎在妈妈身上。母虎舔着它们，亲吻着它们。好美的画面啊！

“然后它们离开道路，在离道路 100 多米的地方停下，开始嬉闹起来。

“司机打开车门，所有乘客都下了车，他们不断地跳动着，挥着手，然后呆呆地站在那里，难以置信地‘啊呦啊呦’地叫着。可就在这时，母虎向大巴车的方向扑了过来，越来越近！彼得罗维奇，说出来你都不会信，一秒钟之内 20 个人一溜烟地都挤进了大巴车！速度真是破了纪录啊！简直是无与伦比的速度……

“彼得罗维奇，快看！老虎！”

木材运输车刚驶出冷杉林，正沿着平缓的斜坡慢慢地行驶，发动机发出嗡嗡的声音。一只很大的公虎毫无畏惧、大摇大摆地迎面走了过来，它迈着不紧不慢的脚步，慢慢地转到小雪松树的后面。

彼得罗维奇急忙刮了刮上霜的车窗玻璃，但什么也没看到。

我把车停到老虎刚才转身的雪松对面，摇下车窗，看向树丛，在一棵倒木旁看到了老虎的侧影。

“彼得罗维奇，它在那儿！瞧！就在那儿！”

彼得罗维奇努力地看向树丛，但还是什么也没看到。

老虎动了一下，开始从木材运输车的左侧绕行。

彼得罗维奇拼命地大叫着，他打开了一侧车门，蹑手蹑脚地下了车，绕过了驾驶室，站在机盖旁边窥视着。

可他还是什么都没看到！

我用手指点了点老虎侧影所在的位置，然后用手指在空中画了三棵雪松的形状，暗示他老虎就躲在树后。

但他就是看不到！

“瞧，它就在那儿呢！”我把脑袋探出车窗，嘴里发出“嘘嘘”声，反复用手指指向老虎的身影。

彼得罗维奇看着雪松，认真地瞪大眼睛看着，找啊，找啊，但还是没发现！老虎纹丝不动，可彼得罗维奇就是看不到它！

“快回来吧，彼得罗维奇！老虎冲过来了，我看到它摇动着尾巴冲过来了！”我的右脚轻搭在油门上。

“嘀嘀嘀！”我使劲地按动车喇叭。

彼得罗维奇飞快地朝车门跑来，他身上穿的羊皮袄的底边像巨大的翅膀一样飞舞起来。我们头上的驾驶室顶部的铁皮发出一声巨响。

“砰！”车门被关上了。

嗞——嗞——嗞！一股气流从我眼前晃动的拳头处直流向我的鼻孔。

彼得罗维奇按捺不住激动而挥舞着的拳头不断地在我的眼前、下巴前晃动着，打破了驾驶室里的宁静。彼德罗维奇上车时身上穿的羊皮袄被车门夹住了，被虎爪扯开了，发出细微的撕裂声。

只听得“吱呦”一声！老虎跳下了车顶，我们加大了油门，脱离了虎口！

科学

“哎，小伙子，你慢点儿。我也认为，科学就是瞎折腾，我这个普通人根本不需要什么科学。数小鸟的数量或者解剖小白鼠都只是白白浪费钱，而且滋生了越来越多好吃懒做的人。而研究野猪、熊、马鹿还多少有些意义，毕竟还能吃到猪肉、熊胆和鹿茸，还能卖钱。即便如此，也用不着往它们身上花钱啊！也不用危言耸听，它们会自己繁衍生息的。还有啊，不要猎杀雌性动物，再把老虎都赶走，不让它们横行霸道，那时候，这里就不是泰加林了，而是天堂。”

在朋友瓦西卡没这样教育我之前，我也是这样认为的。准确地说，是老虎教育了瓦西卡，不，是我教育了老虎。呸。到底是谁教育了谁？总之吧，一切都是我的错。

这件事发生在前年。那时我在开汽油运输车。有时间的时候我总是和瓦西卡一起打猎，我们那里有一个地方叫“桦树泉”。我们经常去那里捕猎貂，有时也射击大型动物吃肉。每周末我们会一起察看捕兽夹子，而平时就是瓦西卡一个人去察看。我开车送他到“桦树泉”那里，晚上再接他回来。

那天也是这样，早上我送他到“桦树泉”，约好晚上 6 点之前我在马路对面回去的方向等他，如果到 6 点他还没有出来，就意味着他去了另一个泉眼，而且已经搭顺风车自己回家了，就跟往常一样，他经常这样做。

就这样，我5点就开车来到我俩约好的地方等他。我心想着瓦西卡能否猎到住在“乌拉尔”上的那只黑貂呢？“乌拉尔”是一块岩石，从远处就能看到它。这是一块非常大的石头，底部堆着很多碎石。瓦西卡整整一个夏天都没有逮着它，这只黑貂是教授级别的，特别聪明，与一般的黑貂不一样。它跑过的地方几乎就不会再跑第二次，甚至在有它脚印的地方放置诱饵，哪怕是诱饵被切碎，再下捕兽夹子也没有用。在有障碍的地方，它会踩着倒木走，或者跳过捕兽夹子，或者贴着最低处绕过它们。总之，我们都叫它“大滑头”，它根本不会陷入圈套，你能拿它怎么办呢？瓦西卡为此看了关于黑貂的书，还带着猎狗追捕过它，但都无功而返。

是的，我就一直在等着我的朋友，等得很无聊。突然，我看到前面树林里有一只老虎径直向山路跑来，它想穿过山路。我启动了车，向老虎开了过去，在和它对视的时候加大了油门。它很大，看上去像马那么大，尾巴抽打着灌木，龇着獠牙向后退去。

我看见它钻进了小树林里，又从另一个地方穿过山路。我又开车跟了过去，停在它对面，和它对视着。老虎吓得再次后退。它绕了半圈跑到了车的后面。

哼，我想，这只老虎真是没见识啊，它不知道车还能向后倒。于是我开始倒车，停在老虎前面，然后加大油门。老虎吓坏了，而我却很高兴。莫斯科汽车厂生产的大卡车的驾驶室是铁制的，距离地面很高。我想，我要让它看看，在路面上究竟谁是主人！

这只色彩斑斓的家伙再次绕到小树林那边，而我又再次截住了它。我从车窗里对它喊道："你这个蠢货！"它站在那儿，晃动着耳朵，退到了离山路远一点的地方，趴在一棵雪松树下面。它趴在那里看着我，只有耳朵时不时地晃动着。

我看了看手表，已经6点10分了，天开始黑了。怎么了？我想，这不是瓦西卡的风格啊。他平时要是迟到了，会向空中开一枪，示意我再等他一会儿。我又等了大约5分钟，然后就开车回家了，因为家里还有牲畜没喂呢。

接下来发生的事情是格外惊险的！

瓦西卡来到约定的地点时比平日晚了很多！他的表停了，他前一天忘记给表上弦了。

他说，他甚至听到我开车离开了。

就这样，眼看着他就要走出来了，甚至已经看到山路了，这时迎面走过来一只老虎！老虎站在路中间，咆哮着，不让瓦西卡过去。瓦西卡一边冲它大骂，一边向后退。他平时就是这样做的，这种事经常发生。

他说他绕了一圈，大概有半公里吧，绕过那个地方，他再次向山路走去。但是只要走到路上，老虎就马上从树丛里迎面向他扑过来，甩着尾巴，咆哮着！瓦西卡双手紧紧握着枪，对着老虎大喊着。他的眼睛盯着瞄准目标，却不敢开枪，他担心万一霰弹没打中这个大块头可怎么办呢？

他只能再次向后退，但老虎这时像发了疯一样，扑到瓦西卡的腿上，伸出爪子在瓦西卡面前挥舞着，同时还大声咆哮着……

是的，瓦西卡吓坏了！谁知道接下来能发生什么？老虎难道是要报复吗？

瓦西卡站着，一动不动，老虎也站着，只是嘶吼着，只要瓦西卡动一动，老虎就会立即把他扑倒。

他们僵持了多久，瓦西卡也不知道。天已经完全黑了下来。好在离道路只有10米远了。一辆卡车救了瓦西卡，它从远处轰隆隆地驶过来，前灯照亮了树林。这时老虎忍不住了，低头跳向了一边。而瓦西卡的腿就像棉花一样发软。他说，他爬过一座山也没像爬上这1.5米高的路基这样艰难。好在他赶在卡车开到他面前时站了起来。车上的人把他载回了家。

看看吧！而你还说科学没有用呢！你看到了吧，大自然正在报复人类！你看看那些老鼠给人类带来了多少疾病？河流变浅的现象有多严重？再看看森林枯萎了多少？不，兄弟，不相信科学是不行的！

猎犬“季克”

“你们认为，一个手无寸铁的人能吓唬住老虎吗？”一个老养蜂人眯缝着眼睛问道。他的眼睛里透出一丝狡黠。已是深夜时分，四周黑漆漆的，在篝火火光的映照下，隐约能看到茂密的参天大树树影婆娑的样子，还能看到皱皱巴巴的老树皮。此刻非常安静，只是偶尔会从远处传来猫头鹰的叫声。篝火无声地吞噬掉干树枝，散发出微热，驱赶着夜晚的寒意。而老养蜂人突然提出的问题打消了坐在篝火旁人们的困意，只是他们谁也回答不了这个问题。

“既然你们不知道，那就听我给你们讲讲吧，”老养蜂人抽了一口纸烟，继续说道，“我曾经养过一条狗，叫季克，一条看家狗，看上去很不起眼。但是在打猎的时候，它的过人之处就显露出来了。它还是 8 个月大的小狗崽时，就敢和其他狗一起去追野猪，结果野猪没抓到，却被野猪伤到了一条后腿，好像是伤到了神经，它的那条后腿就像一块破布一样晃荡着。当时我只能把它抱回家。我以为它的后腿就这样完了，应该不能动了。但是慢慢地，它竟奇迹般地好了。于是季克艰难但充满冒险的日子就开始了：冬天我去打猎的时候，它是一个忠实的帮手，夏天养蜂的时候，它是一名可靠的看守员。有一次，一只母熊带着小熊来蜂场偷蜂蜜，是季克救下了我，要不然我就被母熊咬死了。这时我意识到，季克是我的无价之宝。打猎的时候，季克只要逮住了猎物就紧咬着不放，直到我赶过来。是啊，任何意外都可能会发生。有一次，季克掉到了一个陷阱里，在里面差不多被困了一个月。幸好那时不太冷。而设这个陷阱的猎人不敢靠近季克去解救它，直到季克完全没有挣扎的力气了才敢走近陷阱放了它。季克用尽最后一丝力气才回到了家。我都无法认出它了，季克只剩下一副骨头架子，毛都掉光了。但是还好，我用热汤把它救过来了。我以为这条经验丰富的狗会活很久，但却事与愿违。

“有一次我带着季克去钓鱼。它努力挣脱着链子想要跑一跑，毕竟它已经被拴了很长时间了。链子松开后，季克就跑到旁边追赶着水蛾玩，后来，它好像突然发现了什么猎物，就向小山岗那里跑去，跑过山岗以后就消失不见了。一小时过去了，季克还是没有回来。我心里开始感到不安。然后我沿着季克行走的路线爬上了山。我又是吹口哨，又是喊叫，但没有任何回应。天渐渐黑了，我只好一个人回了家。夜里，我根本睡不着，出去好几次，想看看季克回来了没有。第二天早上，我又出去找季克。我找到了最后一次见到季克的地方，确定了方向以后就一边走一边仔细观察，看看哪里的叶子被翻动过，哪里留下了它的脚印，哪里有它的毛发。我走啊走，走了很久，甚至爬到了另一座小山岗上。我从山顶往下看，下面是一个小斜坡，没有脚印，没有动物，什么都没有。在一片空地的中间有一棵雪松，我走下山坡向雪松走去。当我从雪松旁边经过的时候，一只老虎突然从树后跳了出来，咆哮着向我扑过来！这么空旷的地方我怎么没看到它呢？！因为它躺在那里一动不动，就像是一堆枯叶！我被这突如其来的意外吓得大叫了起来，张着双臂冲着老虎跑去。老虎咆哮着，一转身……闪开了，但仍在继续咆哮着跑开了。我很平静，甚至表现出英勇无畏的样子。我环顾四周，看见了一堆叶子，我扒开了叶子……那里是老虎的粪便，还有季克的一个爪子——这是季克唯一剩下的……

“半小时后，我像发疟子一样，一会儿冷、一会儿热的！大约有两个小时的时间，我一直在哆嗦，就像白杨树的叶子一样。很长时间我才缓过神来……”

老养蜂人讲的故事令我们大为吃惊，我们开始七嘴八舌地讨论起来。一会儿说到人的能力，一会儿谈到人在地球上的地位，一会儿又聊到人的使命、人的生命以及命运，我们讨论了很长时间。老养蜂人没参与我们的讨论，他默不作声地坐在一旁，不听任何人说的话，只是一言不发地微笑着看着火光，还一直用手抚摸着趴在他旁边打瞌睡的小狗。

母虎“丁香”

“我喝酒的时候能通过说话的能力来判断我喝了多少酒。我要是能发出这个词的音，就说明我还能继续喝，而一旦我的舌头卡顿，说不出这个词时，就说明我的舌头打卷了，我喝到量了，不能再喝了。这个词就是‘丁香’[1]。顺便说一句，我们的母虎‘丁香’还活着！”

“你说什么？”

“我说，它还活着。”

“可我曾亲眼见过它的皮毛啊！3年前，在反偷猎突击检查时，警察在一个二道贩子手里没收了一块皮毛，就在别涅夫斯克村，母虎‘丁香’有时会在村子里把狗偷走。在那之后，就再也没有人看到过它了。”

“可我看到过它！2月13日那天，在我们和军事委员以及《蓝山报》的编辑从普列奥布拉热尼耶村回来的时候，在距自由村大概两公里的地方，司机说：‘前面有只老虎正在穿行山路。’的确，在前面道路的拐弯处闪过一个长长的身影。

---

1 俄语中这个词里有颤音，需要舌头打卷。——译者注

“我们开车来到那个地方，发现路沟里有一只壮年母虎。它趴在雪地上，两只眼睛亮闪闪的，它既觉得害怕，又对我们充满好奇。不管怎么说，这毕竟是只雌性动物啊！这是它们的天性。我们坐在‘乌阿斯’牌汽车里欣赏着它，因为距离它只有7米远，我们能观察到它的每一个动作，并讨论着它的野性之美。编辑遗憾地挠了挠头，因为他平时总是随身携带着相机，偏偏这次，像命运故意捉弄人似的，就没带！

“就在这时我们突然想起，刚才我们开车超过了几个骑摩托车的渔民，他们应该很快就要骑到这里了。而一周前，有一只母虎在谢尔盖耶夫斯克山口还恐吓了过往的车辆。当汽车在很陡的上坡路段慢慢爬行的时候，它就从树丛中跳出来，追着汽车跑，或者试图跳到前车盖上，或者用爪子使劲地拍打它能够拍得到的地方。当时很多司机都受到了惊吓。据说，是汽车里的人打死了它的幼崽，于是它就开始了报复。

“想到这里我们突然意识到，这只漂亮的母虎可能会吓唬到渔民们。于是我们开始按喇叭，大声喊叫，使劲拍打车门，但是它没有任何反应，只是把身体蜷缩得更紧了。我们启动了发动机，卡车向前、向右动了动，慢慢地向它靠近过去。只有到了这时，这只漂亮的母虎才不情愿地站了起来，舒展了一下身体，转了身。它的皮毛在夕阳的照射下闪闪发亮！它的皮毛竟然闪烁出彩虹的7种颜色！就好像把一块纯铜放在火上炙烤一样，显现出浅粉色、雪青色和紫色，流光溢彩，非常漂亮！这是一只火红色的老虎！我立即想到了母虎‘丁香’。而且它们头上的条纹也很相似。它难道是母虎‘丁香’的孙女吗？

“这只母虎在我们面前旁若无人地炫耀了自己的美色之后，就继续向灌木丛的方向走去，它突然停在那里，再次盯着我们看。它的眼睛又呈现出柠檬般的浅黄色！

“这时，渔民们骑着摩托车过来了。他们看到了这只母虎，赶紧加大了油门，速度快得连头上的帽子都掉了下来。而我们的车又停了一会儿，我们下车捡起他们的帽子，上车按了按喇叭，就去追那些渔民了。

“母虎‘丁香’的确还活着！”

受伤的胳膊

我不会生老虎的气的，绝对不会。即使现在我的胳膊不好使了，但是事已至此，又能怎么样呢？要知道当时它完全可以不费吹灰之力杀死我的，毕竟是我激怒了它。

人们都说，我当时遇到的情况具有戏剧性。我在小山岗的山脊处走着，然后停了下来，因为在我前面是一个坡比较缓的小山谷，对面的山坡上出现了几只鹿。我用光学瞄准镜观察了一番，那里虽然树木茂密，但我可以射中它们。于是我选了一个比较舒服的姿势趴在地面上，瞄准了一只犄角比较大的鹿。为了打中它，我把弹夹里的子弹都打光了，但并没有立即补充子弹，而是对瞄准镜里的战利品看得着了迷。直到老虎已经在我身边了，我才反应过来。我快速从地上站起身，而这时它的一只爪子已经抓到了我的肩膀，并把我的一条胳膊扯得脱臼了。我脸朝下摔倒在地，脱臼的一条胳膊别在背上。老虎咬了一下我受伤胳膊的肘关节，就跑了。要知道它当时完全可以咬一口我的脖子的。

实际上，老虎早就待在我脚下小山谷的谷底了。我可以想象当我向鹿开枪的时候，它头顶上方响起的枪声是多么震耳欲聋！它是被激怒了，才向我发起攻击的！

当时有人说，3天前好像就是这只老虎撕咬并抓伤了一位渔民，其实不是，让那位渔民受伤的是另一只老虎。咬伤我的这只老虎很健硕，而另一只老虎个头不大。并且那位渔民是因为他自己的愚蠢行为才受伤的。他当时在小溪边走着，想找一些小虫子来做鱼饵。风特别大，这时不远处传来震耳欲聋的声音。可是无论声音有多大，他都根本没有理会，还继续往前走。所以他直接迎面撞上了一只老虎，这只老虎刚刚咬死了一只鹿，它咆哮着警告着迎面走过来的渔民。可是这个人还在向前走，一直走到老虎跟前，老虎才进攻他。这能怪谁呢？真实的情况就是这样的。

老虎曾经是泰加林的主人，将来也仍然是泰加林的主人。而人类只是泰加林的客人。只是人类经常会忘记这一点。但是我并不生老虎的气。虽然它让我的胳膊受伤了，但它当时完全可以置我于死地啊！

被困

哎呀，有一次我遇到一件倒霉事！我被一只老虎……困住了！我成了老虎的俘虏！嗯，这么说听起来似乎很好听！再看看我的脑袋，已经什么样子了，我已满头白发，像个白发苍苍的老人了！尽管我还不到40岁！总之我活得很糟糕。你却偏偏要问："你的头发为什么变白了？"

是的，就是的，原因是这样的。我原以为只有在伟大的探险家普里热瓦尔斯基[1]那个时期，老虎才会在光天化日之下干出攻击狗、马和牛的事，那个时候它们根本就不怕人。它们其实什么都不怕。老虎就是老虎，永远保持自己的本性。这就是永远不变的真理。事实证明，也的确如此！

不，不，它并没有把我赶上树，没有。把我逼上树还不简单吗？它对我采取了一种最高级别的花样！可以这么说吧？就是这样！可以说是最大程度的讽刺。它侮辱了我！

它是怎么戏弄我的？就是这样戏弄的。你听我给你讲讲，或许将来你能用得上。

---

1 尼古拉·普里热瓦尔斯基，19世纪俄国著名探险家和地理学家。——译者注

我大概下午 4 点开车来到了猎人冬天狩猎时休息的小木屋，当时天还比较亮。我开的是吉尔 -157 型[1] 卡车。你知道这种车吗？这才叫车呢！这种车因为操作简单、性能可靠、越野能力强和车身笨重而被称为“劈柴斧”。我把食物和捕兽夹子从车上卸了下来，我要在这里待上一个星期。我给炉子生上火，把电锯插上电，用电锯锯好了木柴。我的狗阿利塔是东西伯利亚雪橇犬，也是捕猎黑貂和野猪的好手。它受不了电锯锯木柴的声音和炉子里冒出的烟，就跑出去找黑貂和野猪的藏身之处了。而我锯了足够一周用的木柴之后，就开始做晚饭。切了面包，泡了茶，将汤倒进小盆里，我便脱掉外衣，坐到桌旁，拿起了勺子……好戏就从这里开始了。

有一个软乎乎的东西撞到门上，在门上挠着，还发出呜咽的声音。

“阿利塔，你要干什么？”

我刚打开个门缝，阿利塔就像老鼠一样窜了进来，躲到了板床下。我一下子就明白了，应该是老虎来了。这下还打什么猎呀！老虎一会儿在后面，一会儿在前面，一会儿在侧面，紧追不舍，非得把狗抓到不可。

我拿起卡宾枪，走到门口站在台阶上，朝着周围的树丛射光了一弹夹子的子弹。然后我回到屋里，说：“阿利塔，你可以回窝了，让你害怕的那个大家伙已经跑了。”我把狗赶出了屋子，把汤

---

1 利哈乔夫汽车厂生产的汽车。——译者注

倒进小盆里喂它，然后我给卡宾枪又装上了子弹，放在门旁。我刚坐到桌旁拿起汤勺，又响起了撞门声、挠门声和呜咽声。

又来了，这个该死的家伙！难道要让阿利塔进屋吗？把猎狗安置在室内暖和的地方不合适，它会很烦躁。但老虎一晚上都会在屋角上蹭来蹭去，而且踩在雪地上也会发出咯吱咯吱的声音。它根本不怕我会射击它。我的朋友就经历过一次这样的事。这种情况下你就别想睡觉了。

我要把它抱进驾驶室去！我抱起猎狗，它拼命地蹬着，想要从我怀里挣脱，因为我从没抱过它。我抱着它向汽车走去。汽车离小木屋有 20 米远。

你知道老虎是多么嚣张大胆吗？！我刚打开车门，它马上就从小木屋后面蹿了过来。好大一只老虎啊！天还没黑，所以我能看清楚它的外形。

我能躲到哪里去呢？只能钻进车里。我砰的一声关上车门，坐在座椅上，骂个不停，骂自己，骂猎狗，骂老虎。我正骂得起劲的时候，老虎走了过来！它走到车前，绕着车子走了一圈，看了看驾驶室下面，想找到能钻进来的缝隙，这个滑头！猎狗被吓得半死不活的，大气都不敢喘。它紧紧地靠在我的脚边，只要出现沙沙声它就会哆嗦个不停。而老虎呢，这个混蛋，一下子跳到了前机盖子上，用爪子死死地抓住表面，因为前机盖子很滑。然后它就把脸贴在挡风玻璃上，幸好玻璃上布满了白霜，隔着玻璃它什么也看不到。接着它又爬到了车顶上，车顶的铁皮被老虎踩弯了，发出嘎吱嘎吱的声响，我突然感觉我要完蛋了。

我想这下可要完蛋了。现在车玻璃要掉下来了，老虎爪子会死死地抓住车顶。到时候肯定逃不出去。我怎么会这么倒霉呢？！卡宾枪在小木屋里，车里的两块蓄电池还被我卸了下来，放到了板床下，防止在车里放一周会被冻没电。你能理解我现在的感受吗？！车顶的铁皮被老虎踩弯了，发出嘎吱嘎吱的声音。我吓得昏了过去……

我要被冻僵的时候，才开始恢复意识。老虎早就从车顶上跳了下来，它趴在汽车和小木屋的中间。我还处于发呆的状态，还在回忆着被老虎压弯的车顶碰到了我脑袋的情景，就好像老虎爪子把我的脑袋按在了地上一样。我感觉四面八方都在压制着我，我无法呼吸，一动也不能动。而地面特别冰冷，寒气渗入了我的皮肤，冻僵了我的肌肉，撕扯着我的肌腱，转动着我的筋骨，我的心脏渐渐冷却，心跳缓慢，我能听见自己的心跳……怦——怦——怦！

如果不是我的猎狗动了一动，我可能就被冻僵了。我回过神来，已经感觉不到自己的胳膊和腿了。我开始慢慢活动身体，摩擦着身体的各个部位。我擦掉挡风玻璃上的霜，一看，那个混蛋在车前站着，好像在认真听着最动听的音乐一样悠然自得。天上，一轮明月；地上，白雪皑皑。我可以继续给老虎讲故事，却只能看见老虎的影子，他的影子上方是某种模糊的半透明的东西闪着光，好像是魔鬼的外壳。而它就是月之兽。

我使劲地跺了跺脚，跳到了座位上，嘴里骂个不停，而它依然静静地站在那里，很享受这个过程。然后它侧身卧在地上，脚爪在空中乱蹬了一阵，又仰面躺下来，在雪地上蹭来蹭去。它很开心，不时地吼叫几声，喉咙里还发出了咕噜声，而我听到这些声音无异于恶魔的笑声。

我把猎狗抱在怀里，手暖和了起来，我又跺了跺脚，因为脚要被冻僵了。我从小木屋里跑出来的时候，脚上没缠包脚布，只穿了一双袜子，短外衣里面只有一件衬衫，还好我戴了帽子。

幸亏现在还不是特别冷。老虎没有注意到我发出的动静。我在一堆杂物里找到了火柴，将几根火柴点燃后，就把它们从微开的车门缝里扔了出去。我不敢降下车窗玻璃，老虎要是明白车窗玻璃和车门不是一个整体的话，就会突然用爪子去试试车窗玻璃的坚固程度的。但是，老虎只是低头看了看落在它面前的那几根火柴，看着它们在雪地上熄灭。我又从座位下面掏出一块干抹布，用它包上几个螺帽，点着，然后朝老虎扔了过去。老虎只是向后退了退，趴在那里，甚至好像睡着了。于是我像狼一样嚎叫，叫喊，用铁具敲打车门，甚至使劲地拍了一下车门，但是，老虎依然没有离开！

我开始唱歌来鼓励自己：“我们骄傲的瓦良格人[1]不会向敌人投降！”但夜晚是那么的漫长。在这里能做什么呢？只能做一件事，那就是等到天亮。我等啊等，不时地跺跺脚，因为脚要冻僵了！怎么办呢？也不能在驾驶室里生火啊，这样会把整辆车都烧掉的。再

1　一般指公元8世纪至10世纪出现在东欧平原上的罗斯人。——译者注

说，用什么来生火呢？用座位还是什么？

我侧身蹲在座椅和仪表盘之间，不断调整着姿势，一会儿蹲在一条腿上，一会儿又蹲在另一条腿上，这样暖和了一些。但我的脚趾不管怎么活动都没有知觉。我又在座位下摸到一根铁钎子，用它扎座位上的人造皮革，把座椅扎出一个窟窿，从里面揪出一些棉花，然后脱掉鞋，揉了揉脚趾，用棉花缠住脚，再套上袜子，外面又缠上了一块破布，最后又裹上一层塑料袋，这样脚都已经快要塞不进鞋里了。先弄好一只脚，再弄另一只脚。等两只脚都处理好了，我就把它们塞进了筒靴里，脚终于越来越暖和了。而长夜漫漫，月亮刚刚移到正上空的位置。老虎一直守在那里，一步也不离开。怎么能把它撵走呢？……这个挺难……

情况似乎有了转机。我费力地伸直发木的身体。我的腿呢？哎，我的腿竟然动不了了。月亮移到车的右侧，月光透过右车门的车窗照进来，另一缕光线也照射进来。驾驶室里面也结了一层霜，泛着白光，霜并没有因为月光而发黄，而是发白。天亮了吗？是的，已经黎明时分了！

我用手指在车窗玻璃上一个位置蹭掉表面的霜，透过这个小孔朝车外看。再从另一侧看看。老虎不见了！我打开车门，仔细看了看。老虎的确不见了！

清晨的阳光照在被老虎踩踏过的雪地上，发出斑驳的光芒。老虎走了吗？我仔细地看了看周围。是的，它走了！我打开车门，站在车的脚踏板上，准备跳下车回到小木屋里，但是……一声震耳欲聋的虎啸直接将我吓回了驾驶室。那只斑斓大虎正用后背顶着小木屋的门，趴在门廊上！

这是要让人死无葬身之地啊！它就那么虎视眈眈地盯着你。它倒是给自己找了一个舒服的安身之处，真是个混蛋！它不想待在雪地里，就躺在了干燥的台阶上！

车子的挡风玻璃上布满了发丝一样的霜花，阳光照在上面，好像在一根根地数着易碎的发丝，对比着它们彼此之间的异同。现在应该是中午了吧。而阿利塔仍然会因为每一个声响而微微颤抖，不安地看着我的眼睛。

能怎么办呢，我的伙计？你能穿过老虎守着的那条路吗？这个阴险的家伙还要控制我们多久呢？瞧，它舒展四肢悠闲地躺在台阶上，就像蒙古国的最高统治者一样。它做好了无论如何也要抓到你的准备。卑鄙的家伙，别妄想！我养过的狗都特别不走运，不是被偷，就是被野兽撕咬，不是被车撞，就是中毒。只有这条聪明的捕猎黑貂的好猎狗是我从小养到大的，可是现在，泰加林之王却迫不及待地想要抓到它。痴心妄想，卑鄙的家伙！我们倒要看看最后谁会赢！

老虎能等多长时间呢？据说可以等一个星期。算上昨天晚上，已经过去两天了。还能等5天吗？太阳悠悠地西下，仿佛在观察着它打算在此过夜的小山岗的山脊，黄色的光芒洒在不平滑的雪地上，折射出淡蓝色的寒气。老虎的两只前爪放在地上，挺起胸膛，骄傲地抬着头，眯缝着眼睛看着太阳。它的眼睛被太阳的光线晃出了眼泪，它时不时地眨眨眼睛，但还是一直盯着太阳，就像渴极了的人凑近凉爽的溪流贪婪地大口喝水一样，浑身上下每个毛孔都透出惬意和满足。瞧，它现在就是这个样子，沐浴在阳光里的野兽！这就是为什么它的皮毛会有阳光一般的色调！

太阳落下了，它的余晖残留在山坡上，又在山顶盘桓了一会儿，最后消失得无影无踪，仿佛坠入了黑暗的深渊。老虎皮毛的颜色与小木屋原木墙的颜色完美地融合在一起！你即使眯缝起眼睛仔细看，也看不清楚那究竟是一堆被风吹干的枯叶，还是一堆垃圾。太阳早就下山了，但老虎的眼睛依然闪烁着光芒，像屋里亮着灯光的两扇窗户一样。它身披着厚厚的皮毛，隐匿于此。人也是这样：有的人是灵魂在闪着光，而有的人是眼睛熠熠生辉。多美的比喻啊！言辞刁钻的人的灵魂和好人的灵魂能一样吗？但是不管怎么说，它是美丽的野兽。非常美丽！

终于又熬过了一夜。黎明时分，老虎围着车子绕着圈，然后钻到了驾驶室的下面，不高兴地发出呼哧呼哧的声音，它可能是不小心闻到了汽油刺鼻的气味。它在车旁折腾了一会儿，就悄悄地沿着车辙走了。它是嗅到其他动物的气味了吗？要快速跑回小木屋里！我又等了一分钟，悄悄地打开车门，然后……又迅速跑回车里——通向小溪的小路上闪过一条长长的影子。真可恶！要来不及了！

我跑 20 米需要多长时间呢？应当计算一下。优秀运动员 10 秒能跑 100 米。我跑得不是很快，这里也没有跑道，而且地面还有雪，再加上我的“鞋”和衣服都不咋样。也就是说，跑 100 米我至少要用20秒，这就是我的速度。20米是100米的五分之一，20秒除以5，那么就是我至少需要4秒才能从汽车跑回小木屋。仅有4秒的时间啊！

那么，现在我们来想一想老虎的跑速。在老虎攻击的时候，我经常研究老虎的脚印，它的前几次跳跃每次都不少于7米。老虎跳20米只需要跳跃三次。而老虎的三次跳跃都不会超过1秒。也就是说，老虎要距离我至少80米远，我才能安全跑回小木屋。它要是从山路那里扑过来，就至少应该在雪松那个位置。它要是沿着小路扑过来，就至少应该在小山岗那个位置。这样才能保证有80米的安全距离。计算完毕。另外三面是紧贴着小木屋的草丛，那里是异常茂密的草丛。真可惜啊！我曾经是有机会的！老虎沿着车辙离开时，为什么我没有准备好逃跑呢？要知道当时老虎离我至少有100米远呢！我甚至连想都没想过我是能成功跑回小木屋的！那时脑子就像是被催眠了一样！

算了，只能这样了！现在我应该做好准备。等老虎和我之间一旦形成安全距离，我就开始跑。

冬日的黎明努力地撕开天地之间的缝隙，而大地似乎并不情愿与天空的星星分离。随着黎明的到来，星星一颗接一颗地暗了下来。老虎现在躺在台阶上，沉重的虎头枕在前爪上，它闭着眼睛，但它的耳朵一直竖着，专门捕捉汽车里发出的每一个动静。这时候我感觉到饥肠辘辘，胃一直隐隐作痛，心里只有一个念头：要吃东西。小木屋里的桌子上已经摆好……难道老虎不饿吗？还是它提前吃了足够挺上一周的食物，现在只是来戏耍小狗的？我不相信是这样。采取什么办法才能让它离开呢？该怎么赶走它呢？什么才会转移它的注意力呢？

朝它扔撬杠！要是撬杠能砸中老虎的额头，它又害怕又疼地嘶吼起来，然后惶恐地……跑开就好了！可它要是被激怒了，会不会跳上车，用爪子打碎易碎的玻璃呢？它很有可能会这样做的。还能想出什么法子呢？

我的猎狗温顺地靠着我的腿。好像就该这样：帮主人取暖，耐心地等待，而不是乱跑乱跳。只能无休止地等待。

天气越来越冷了。我只能侧身蹲在狭窄的驾驶室或者趴在座椅上做俯卧撑来暖身子。驾驶室里面也被覆上了一层厚厚的霜。我时不时地用手指蹭掉玻璃上小孔表面又被结上的冰，看一眼老虎。它留心地听着我发出的动静，心满意足地守在那里，只是偶尔会调整一下姿势。它应该是不冷了，我想它大概是吃了太多的野猪肉，积攒了一身脂肪过冬，毕竟今年的野猪特别多。

一阵阵困意袭来。身体发冷，但我却一动也不想动，这样会被冻僵的。我强迫自己下蹲和做俯卧撑，但动作越来越僵硬。胳膊和腿也越来越软弱无力。

熬到第三个黎明了。早晨特别寒冷，令人难以忍受，树干都被冻裂了，并在金色阳光的照耀下发出噼啪声和簌簌声。太阳仿佛终于睡醒了，尽情释放出自己全部的光线，万物沐浴在暖和的阳光中。白天变得温煦而柔和。外面解冻了。车窗上的霜开始融化成水珠，慢慢地向下流淌。

我透过干净的车玻璃看到山坡上的雪泛着蓝光，雪地上有几棵白桦树，洁白而高挺。在雪地和蓝天之间是粗壮的黑色橡树枝干，就像是夹杂在天地之间的古老缝隙中，橡树枝干上还有一些未落的树叶。真漂亮啊！并没有什么特别的地方，只是泛着蓝光的雪、白桦树、黑橡树、黄色的树叶和绿色的雪松，但就是非常漂亮！

老虎侧卧着，一会儿把左前爪搭在右前爪上，一会儿再把右前爪搭在左前爪上。它不时晃动着爪子去够某个够不到的东西，像个盲人一样胡乱划拉着，不经意间在雪地的表面上用利爪勾勒出花的形状。四朵死亡之花。看，它们就是死亡之花的样子！

老虎慵懒地舒展了一下身体，然后蹲坐在那里，无聊地看了看四周，然后目不转睛地盯着小山岗。它在观察。难道它也喜欢眼前的风景吗？

突然它警觉起来，直勾勾地盯着山坡。它身体前倾，认真倾听着冬天大自然里的动静。它的脸转向声音传来的地方，但声音并没有减弱，而是变得越来越强，越来越响亮了。老虎越发感兴趣了。

那里能有什么东西呢？老虎猛地站了起来，绷紧了全身。然后又慢慢地坐下。它的尾巴在斑斓的虎背上不安地甩来甩去。突然，它前腿弯曲，俯下身子，绷紧全身。它发现了目标！

它究竟发现了什么呢？我盯着山坡看，发现草丛中闪过一道黑影。然后又出现一个，后面还有一个。个头大小不一样，是几头野猪！

一头体型巨大的野猪带着一群野猪不慌不忙地走着，它时不时地停下来，仔细地听着周围的动静。紧跟在它后面的是一些小猪崽。它们都很警觉，小心翼翼地跟在后面。它们可以在小橡树林和榛树林里待上一整天，可能有人把它们从舒适的、太阳晒得很热的窝里吓跑了。但是它们为什么不跑呢？通常它们会跑到另一个小山岗，跑到其他的草丛里。难道是3天前它们发现了老虎的踪迹并立刻警惕了起来？难道老虎不会跟在它们后面吗？

毫无反应！老虎看着野猪，甚至一步都没挪地方！野猪一头接一头地离开了。心中刚燃起的希望就这么瞬间被熄灭了。绝望的泪水模糊了我的双眼，如鲠在喉，怎么也咽不下这口怨气。

老虎一直坐在那儿。它晃动着耳朵，打了个哈欠，低头开始舔胸口的条纹，仿佛在抚平、塑形、创造、雕刻着主宰大地、泰加林和时间的灵魂……

唉……最终是一头小猪崽救了我，一头生病的瘸腿的小猪崽。它掉队了，正用3条腿蹦跳着走路，费尽全力地在追赶着它的同伴们。它跳一会儿，站着休息一会儿，接着又跳一会儿，再站着休息一会儿。就在这时，老虎实在无法忍受了。它径直跑向了那头小猪崽，截住了它的去路。老虎甚至连头都没回过一次，好像这3天之久的围困从来没有发生过一样。

我终于可以跑向小木屋了！但是我却无法动弹！我的腿由于久坐已经动不了了，所以我只能屈着腿勉强走到小木屋。20米的距离我花了20秒的时间。你却偏偏要问："你的头发为什么变白了？"都是老虎把我的头发逼成了白色的！

养育老虎的人

我从来没有想过，我不仅开始保护老虎，还会经常救它们。要知道我这辈子都对它们恨之入骨。我小时候看到过邻居家的牛被老虎咬断了肋骨，浑身是血地自己走回家，然后就死了。邻居家的所有女人对着牛就像在对着逝去的亲人一样，边哭边数落着它。男人们则咬牙切齿，低声地骂着，发誓要“杀死老虎”。而我们这些喜欢听老虎故事的小男孩都愿意相信：“发生在猎人身上的所有祸事都源于老虎”，“就因为老虎，人们才不敢自由地放牧牲畜”，“泰加林里的兽群会吓走老虎”，“狗作为人们最好的朋友，它能弄死老虎”。我们当时彼此发誓说，等我们长大以后会“猎死所有的老虎”。有人说要杀死 10 只，有人说要杀死 20 只，还有人发誓说要杀死 50 只。超过 50 只简直就是个天文数字，因为整个捕猎季没有哪个狩猎队能捕获50只以上的野猪或者鹿。而20至30只鹿的肉（有时会把它们整个冷冻起来，然后运送到林业局再上交给国家）是多大的一堆肉啊！

长大后，我去军队服役，服役之后我回到了家乡的泰加林，成为一名编制内的职业猎人，每天过着简单的生活。逮过黑貂，射过松鼠，也捕过野猪、鹿和狍子，有时也开枪吓跑过老虎，这样就不会有“竞争者”和我抢小动物了。其他猎人也是这样的。在这里我结了婚，也有了孩子。人生计划完成了，我还获得了许多奖章和证书。过着和大家一样的生活。

生活一直持续到19×× 年。那一年很难猎到什么东西，雪很大，雪松的松子和橡实都特别少。泰加林里的所有动物过得都很艰难，不仅仅是猎人。此外，哈巴罗夫斯克[1]边疆区的几只老虎为了追赶野猪还跑到了滨海边疆区的地界上，它们沿着猎人狩猎的路线走了，打开捕兽夹子，不仅吃掉了捕兽夹子里夹住的猎物，还吃掉了捕兽夹子上的食饵，甚至还逮住了几条猎狗。我的一条小猎狗也被它们吃了，小猎狗特别聪明，能猜到我心里想什么。只要我心里一想：“乔拉，你在哪儿呢？”它就会立刻向我迎面跑来。只要我心里一想:“这是松鼠刚刚踩出来的脚印。”它就会对松鼠狂吠不止。

是的，老虎已经吃掉了一条猎狗和两只黑貂，还在泰加林里的小路上四处游荡。当时我是怎样的心情呢？可想而知，我的心情差到了极点，我被老虎气得咬牙切齿，我从来都没有这么愤怒过。我想，它要是被我碰到，我就要跟它新账旧账一起算。

这回我真的遇到了老虎，也跟它算了账。

当时我开枪击中了一头野猪，往背包里塞了大概30公斤的野猪肉，然后沿着小路朝猎人过冬的小木屋走去。我边走边骂自己，怎么就忘了带一个塑料袋呢？我明显感觉到背包变湿了，衣服都被野猪血浸透了，背部也湿答答的。但把野猪肉丢下，把它们藏在这

1　俄罗斯远东城市，哈巴罗夫斯克边疆区首府。原属中国，传统名称“伯力”。——编者注

里冻起来也不行，因为有两只小虎崽一直跟在这群野猪后面，它们会立即发现野猪肉并吃掉。

我只好一边走一边大声地咒骂着。这是军队里的司务长教给我们的一种解压小窍门，他在骂人方面的才能无人能及。他说出的骂人话总是妙语连珠，出奇制胜，我们对他言听计从，主要是出于惊叹和佩服。

我一边走一边咒骂着，似乎这样能走得更快、更轻松。而小路就在小河边，河道又窄又深，岸边长满了高过人头的杂草。突然我被什么东西从上面砸中，使我的脸朝下摔倒了。我在倒下的瞬间，用余光看见了老虎斑斓的花纹。我的脸摔在雪地上，胸部硌到了卡宾枪上，它就挂在我的前胸，背包则压住了我的肩膀和脖子。我心里想：完了，我要死了。我的头上响着老虎的低吼声，它的爪尖刺入我的背部又抽了出来，我的肋骨发出断裂的咔嚓声，衣服被撕碎了……

幸亏我的脸冲下摔到了雪地里，我才能迅速地恢复意识，才有了思考的能力。我觉得老虎不是要吃我，而是要吃掉我的背包，也就是里面的野猪肉。老虎本身都不太大，但有两只老虎。后来我明白了，这就是那两只跟在野猪群后面的小虎崽。接着我开始用手在雪里摸索着，想要摸到卡宾枪。我摸到枪后，就开了一枪。枪声直接在我的左耳边乍响。在震耳欲聋的枪声响过之后，我才突然意识到，我已经有一段时间没被老虎攻击过了。我抬起头，周围什么也没有。我四肢着地抬头看了看，周围确实什么也没有。我站直身体又看了看，周围还是什么都没有。

惊恐之后我简直欣喜若狂！我一辈子从没这么高兴过！当然，我的样子当时很可怕——全身是血,后背上的衣服都被撕成了碎片。但是，我却感到特别的幸福!

我沿着小路悄悄地走着，小声地哼唱着儿时的歌曲：“只要一睡醒，我就会微笑。我亲爱的妈妈，亲爱的妈妈，我一看见太阳，就会微笑。我亲爱的妈妈。”是的，幼儿园的老师会教孩子们唱这样的儿歌。的确如此，我每次看这个世界，都好像是第一次看到它一样。现在的阳光并不充足，给人一种颓败萎靡的感觉，没什么生机，就像被海浪冲到海岸边的水母。我看着冬日的残阳，它就像是被放了气的气球，需要朝里面充气，才能充满弹性，才能重新释放热量，带给人灼热的感觉。要一直给它充气，让它马上就要爆裂，只有那时，整个世界才会沉浸在早春的黄色暖阳之中。

我看着雪松和云杉，它们好像是由冰冻了的绿水雕刻而成的，给人一种错觉：它们并不是冰做成的，而是由欢乐的绿色火焰做成的。火焰的火舌直冲宛如蓝色冰层一样的云霄，天空就要融化，融化了的明媚的阳光尽情倾洒在这苍茫的大地上。

我看着踩上去吱嘎作响的泛着寒气的白雪，发现它并不是纯白色，而是闪现着赤、橙、黄、绿、青、蓝、紫七种颜色的光点，这些光点也根本不是什么光点，而是色彩斑斓的音符，它们纯粹而隆重地奏响出美丽如画的人生交响曲……

我开始喂养这两只小虎崽。看样子，它们的妈妈应该是被猎杀了，而它们还很小，还没有学会捕猎。它们追过野猪，但总是徒劳无功，最后饥饿难忍，连人都不怕了，扑到散发着新鲜野猪肉味的背包上，贪婪地吃着野猪肉，直到卡宾枪射出了子弹。

我先从背包里拿出野猪肉，然后拖着还剩有野猪骨头、猪头、猪蹄和内脏的背包走了两公里，这样就会留下野猪肉的肉香味，小虎崽嗅到之后就会找到这些吃的。后来它俩只要听到枪声就会过来等着，等我离开以后，它们就跑过来吃我为它们准备好的食物。它俩就这样熬过了整个冬天。

寻找幸福

我给你讲一件事啊，特别惊险，就和电影特技一样！动作片和恐怖片里出现的枪战啊，汽车爆炸啊，都是胡扯，都是演出来的，不真实的。生活里不会发生这样的事，无论特技演员怎么努力去表演，观众们都能感觉到这一点。但这件事是我亲身经历的，绝对是真事。任何导演都想不到这样的剧情。因为这纯属意外，而大家都说“意外是命运的丈夫”。“命运”包括两个词汇，即“判决”和“上帝”，也就是说，它是上帝的判决。

有一次，我骑着摩托车行走在林间小路上。我要去打猎。突然，一头野猪穿过小路，它后面跟着第二头，第三头…… 整整一群野猪！我刚看到第一头野猪时就下意识地踩了刹车，把摩托车放倒在路边，然后把背在后背的卡宾枪拿了下来，趴在地上做好了射击的准备，就像在靶场一样。我知道，还会有野猪跑过来的，因为总会有几头落在后面的。结果，跳出来的并不是野猪，而是一只老虎，它一下子从我和摩托车身上跳了过去，是一只很大的老虎……

我在小路上趴了很长时间，就像在靶场一样，随时准备射击。刚才在我眼前出现的画面再一次出现了。挡住我视线的不是天空中的云朵，而是老虎的倒影。和电影里的慢动作镜头一样，它的倒影越来越大，完全遮挡住了太阳，它白色肚子上的横向狭长黑色条纹清晰可见，一条、两条、三条……共有十三条。它的爪子张开，虎须由于空气的阻力而微微颤动着，两条、三条……共有十三条。呈蛇形弯曲着的色彩斑斓的尾巴也像蛇一样来回甩动着……我用下颌抵着地面趴着，前方的林间小路向前延伸，越来越高……

那根本不是一条小路，而是响彻蓝色天际的，越来越清晰、越来越嘹亮的诗句：

鸟儿，请你回答我，
你为何拥有翅膀？
是为了高空，
还是为了觅食？
或许，你也像我一样，
在寻找幸福？
因此，
你每天都在飞翔，
都在渴望
见到太阳，
希望能看到它，
哪怕只是一瞬间，
那该是
怎样的幸福啊？……
而我，和你一样，

即使不会飞翔，

但仍然

努力企及太阳，

去看幸福是否

就隐匿于太阳后面，

在这个光明的世界里

幸福触手可及，

虽然我在四处寻找，

但在这个星球上

始终没找到属于我的幸福，

这就是——

今天的真相。

但我依然希望，

明天

我会找到属于我的幸福，

我的头上是一只飞翔的鸟儿

它的身上没有一条黑条纹……

“哥们，来根烟吧！”

嘿，兄弟，为什么要管我们连长叫“烟鬼”啊？他根本就不抽烟。而且他身材魁梧，一点也不像烟鬼，大家都尊敬他。我听过很多人有各种各样奇怪的绰号，但这个绰号一点都不适合连长。我们村子里有叫“狗叫”“苏珊娜”“卷毛”“冬葵”“粉刺”等很奇怪的绰号的，但都很适合这个绰号的主人。而“烟鬼”这个绰号根本就不适合我们连长。

要知道一个人有时会被莫名其妙地安上某个绰号。连长就是这样。要知道在你来我们警备区之前，连长是抽烟的。抽得还挺凶的！他戒了很多次烟，但都没戒成。他像马克·吐温[1]一样开玩笑说：“戒烟最容易了，我已经戒了一百次了。”

后来他在一次狩猎中终于戒烟了，是的，戒烟这件事终于有了一个结果。那次狩猎很不顺利，野猪在一片开阔的空地上突破了猎人们的围堵，之前从来没发生过这种事情，它们总是钻进小树林里的。猎人们拼命地追赶，甚至没来得及向它们开枪，它们就跑得没影了！

---

1 美国著名作家马克·吐温曾诙谐地说：“戒烟是很容易的事，我一生戒过好几十次了。”——译者注

大家沮丧地在小山坡上席地而坐，闷声不响地抽着烟。连长找了一个地势较低的地方，刚蹲下来想要方便一下，就在这时，突然出现了一只老虎！老虎从连长的后面径直向他走去！就在连长的身后！离他只剩下5米左右的距离了，而所有人都坐着，张大了嘴，吓得一动不敢动，谁都不敢出声！

连长这时才听到了簌簌的声音，转过身……他向老虎伸出一只手，说了什么，然后老虎……就离开了。

猎人们坐在那里看得瞠目结舌，直到连长走近他们，他们才发出各种惊叹声："啊！""哦！""哎呀！"他们团团围住了连长，拍了拍他的肩膀。而连长却像"坦克"一样平静，只是脸色发红，嘴里叼着一根香烟。

"中尉同志，"大家问道，"您对老虎说了什么？"

连长轻轻地捻灭了香烟，把它扔在地上，说道："哥们，来根烟吧！"

祸害

你们听说了吗？俄罗斯公共场合终于禁止抽烟了。这是一件好事，是一个正确的决定。我本人从小并不抽烟，而且我认为抽烟是人类的灾难。我特别反对抽烟。但我必须承认，我小时候曾一度沉迷于此。七年级后，受表哥的影响，我开始偷偷摸摸地抽烟。暑假时，我俩每天都跑到边防哨所，帮助边防军人削土豆皮、喂马，或者干一些其他的事情，因此他们允许我俩摆弄一会儿没装子弹的枪支，有时甚至允许我们拆开，再组装好。对小男孩来说，还有什么比这个更有意思呢？我俩还和边防军人没完没了地抽烟，一天抽两盒“奥帕拉”。假期很快过去了，就像特快列车一样。明天我就要回家了，不知为什么我照了照镜子，我看着镜子里的自己……吓坏了。瘦骨嶙峋，面色发青。都是抽烟闹的。从那时起，我就不再抽烟了。

但是我有两个朋友却坚信，是抽烟救了他们的性命。

一个朋友是地质学家。他以前在北方工作，夏天他在那里的冻土带的河岸上收集并研究过什么东西。工作的时候总是独来独往，晚上他也总是钻进单人帐篷里，扣上所有摁扣。在帐篷里抽上两支烟，这样蚊子就不会飞到他身边影响他睡觉。这时，来了一头棕熊。它走近帐篷，隔着防水布用牙咬住了他的肩膀，并撕扯着想把他从帐篷里拖出来。突然它猛地扯下帐篷，立刻就撒开爪子跑了。我这个朋友说：“因为呛人的烟味从帐篷里一下子钻进它的鼻孔。”他坚信，这就是他大难不死的原因。然后他捂着受伤的肩膀，沿着冻土带走了70公里，才走到最近的村庄。他勉强走到了地方，最后几公里他甚至是半昏厥着爬过去的。

对了，另一个朋友是一名科学家。他在锡霍特－阿林山脉自然保护区做研究老虎的工作。他要给老虎戴上无线电雷达项圈。当然，在此之前，要先把老虎关进大笼子里，用枪射击的方法给它们注射麻醉剂……这个笼子就像一个大号的捕鼠器，要把狗放在笼子旁边一个特制的围栏里作为诱饵。老虎看到狗之后就会走进笼子去抓它，然后踩到一块特殊的小木板，笼门就会在它身后落下来。并不是每条狗都会坚持在笼子里不动，也不是每一只老虎都会乖乖地走进笼子。有的老虎体型太大，笼子装不下它，笼门会落在它的骶骨上，老虎就挣脱了。这样的老虎怎么都抓不到。我的这位科学家朋友也是一个人在帐篷里过的夜。他抽了很多的烟，“他帐篷里的烟多到甚至能把篷顶撑起来”，只是为了不让蚊子和老虎靠近。但这毕竟是老虎啊！这只老虎半夜走近了帐篷，它的虎须在篷顶发出沙沙的声音。我的朋友躺在里面吓得半死不活的。他用脚后跟试探着找被卸下子弹的猎枪，但是就算找到了又能怎么样呢？谁能用脚后跟给猎枪上子弹呢？老虎用鼻子碰了碰帐篷，但因为烟味太呛，它停止了撕扯。是的，它不撕扯帐篷了，但是给整个帐篷留下了记号——它往帐篷上尿了一泡尿。我的朋友说："老虎的尿液就像是灭火时从消防水枪里喷射出来的水流一样粗壮有力。"这种事真少见！我的朋友太幸运了！说实话，老虎留下的味道用任何现代工艺的洗衣粉都无法去除，老虎身上特有的气味很顽固。

因此，抽烟至少让两个好人逃过了一劫。这一点的确让人高兴。但好多疾病都和抽烟脱不了干系。很多问题的源头都从抽烟开始，啤酒、白酒和毒品也是。所有这些都是人类的祸害。唉！

良心

（献给 L.I.H）

生活中我从未有过良心。母亲（愿她在天堂安息）曾经非常担心我，她认为我会蹲监狱，但是并没有，事情还没发展到那种程度。当然了，我的生活过得也不怎么样：搬无数次家，换无数次工作。和地质学家勘探过，和考古学家挖掘过，还出过海、捕过鱼、盖过房子、钻过井、淘过金、打过猎……总之，我干过很多工作，去过很多地方，见过不少世面，喝了很多白酒。怎么了？喝白酒是因为我当时身体还不错。而现在我岁数大了，不再胡闹了。我在一个地方已经生活快 5 年了——从什么时候开始我不再搬家的呢？是泰加林，泰加林这片热土越来越强烈地吸引着我。置身森林让我感觉舒服而安宁，非常好。我对形形色色的人感到厌烦，而在这里，则可以把喧嚣和忙碌抛之脑后，它们都与我无关。我在这里砍伐树木。这非常有趣。请想象一下，你砍倒一棵树，要让它不倒向一个方向，而是倒向我想让它倒下的方向。这需要目测判断，还需要力气。首先要采用正确的锯树方法。在锯树的时候要注意锯子不能被卡住。这一切都是说着容易，你自己去试试就知道有多难了！当树开始倒下时，你要快速跑到安全的地方，经常有人还没来得及跑开，就被砸死了。这是很危险的事情。但是当被锯倒的树顺利地躺到雪地上，这无异于胜利礼赞，所有的小山岗都会热闹起来。

我很喜欢这份工作。尽管树木因此越来越少，也越来越难以砍伐，但足够我砍一辈子了。你看那里，人们已经不再砍伐野生林，砍伐的只是刚种几年的树木。虽然在这里，在滨海边疆区，森林自己能再快速长出来。关键是不要发生森林火灾。

那么现在，言归正传，还是讲讲关于良心的事吧！我现在竟然有了良心！是因为……一只母虎和一只小虎崽。这是动物对人产生正面影响的最好例证。因为它们并不是普通的野兽，而是特别好看、特别智慧的野兽。这是我作为一名前职业猎人的评价。

前年，我在莫扎伊斯克泉附近伐木，那里是一片雪松林，有许多野猪，我时常在那里打猎。有一次恰巧遇到了一只母虎，它带着一只小虎崽。我们迎面而遇。当时风很大，刮着大风能干什么活呢？这么大的风根本不能伐木，所以我只能休息。我沿着木材搬运的道路走着，不时地环顾四周。我准备好双筒猎枪，以备突然跑出一头野猪，结果跳出来的却是一只小虎崽。我一时间没反应过来，我感觉好像是一只小獾子朝我跑过来。我定睛一看，根本不是什么小獾子。天哪！是一只小虎崽！我刚才差点就开枪了，要知道獾子是特别有益的动物，獾油很珍贵。这时小虎崽向我跑过来，离我只有 20 米左右距离了。周围树上的树枝哗啦哗啦地摇曳着，我站在那里，把枪对准它，心里想着：母虎去哪了呢？我刚想到这里，母虎就跳到了木材搬运道上，挡在小虎崽前面，冲我吼叫了起来！

我吓坏了，完全不记得自己是怎么爬到树上的，手里还拿着枪。

母虎站在那儿吼叫了一阵就转头走开了。我不知是怎么了，拿起枪就向母虎开了一枪。当时我一点儿都没害怕，心头反而涌上一股狂怒：既然你已经吓到了我的人，还把我逼到了树上，你就等着瞧吧，挨枪子儿是罪有应得的！

我射中了它的心脏。母虎躺在地上抽搐着，在我开枪之前又有一只小虎崽跑了过来，这时两只小虎崽紧紧地靠在母虎身边。我从树上爬下来，走回小木屋，和同事们说了这件事。最后我们决定埋了它，就像俗话所说“别再惹出麻烦”。于是我们把母虎埋了。要不然能怎么处理它呢？卖虎皮是不可能的事：此前逮捕了一名贩卖虎皮的警察，警察被判刑了。狩猎检察机关还时不时地四处巡视。但是把它进行深加工，做成商品，也是不行的，因为这样谁都看不出来它本来的样子了。不行，这太复杂了，也太冒险了。

两天后的早晨，我从小木屋出来的时候，狗在起劲地叫着，两只小虎崽坐在棚架边，它俩的眼睛里写着“饥饿”两个字。我的心被狠狠地牵动了，它俩就像破壳而出的小鸡雏一样，看起来特别可怜。我走回小木屋，从桶里拿出了一些肉，这些肉本来是要做红菜汤用的。我把肉切成小块，走向小虎崽们。它俩靠在一起坐着，用饥饿的眼睛看着我。我向它俩丢了一块肉，它俩立刻警觉起来，用鼻子闻着，但仍待在原地，看起来有些害怕。然后我把手里的肉都扔给了它俩，向后退了几步，观察着它俩。它俩互相推搡着凑近了肉，开始贪婪地吃了起来，喉咙里不时发出吞咽的声音，它俩真是饿坏了。

就这样，我开始喂养起两只小虎崽来。同事们很生我的气，他们说自己都没肉吃了。而后来他们也都接受了我的做法。

就这样，我喂养了它们整整一个秋天。有时候小虎崽们会几天不见踪影，它们可能自己捕到了什么食物吧。后来只有一只小虎崽过来，而另一只小虎崽可能死了。

3月初，我所在的伐木队转移到另一个采伐区。当我们满载而归时，我们熟悉的那只小虎崽跑到路面上，在车前面撒欢地跑着。

这是多么美丽的画面啊！太阳，覆盖着白雪皑皑的路面，在路面上雀跃跳动的是金色的小虎崽。这个画面将永远留在我的记忆中。然后它跑到路边，坐下来，认真地看着我们，直到车从它面前驶过。它难道是在和我们道别吗？

第二年秋天我们来狩猎的时候又来到了那个小木屋。我们把车停在附近，环顾四周，一时没明白是怎么回事：小木屋周围散落着各种动物的骨头。后来我们明白了，我们认识的小虎崽现在住在这里。我们转身离开了，不想惊扰到它。

现在我甚至会对树木充满怜悯。如果有可能，一定要先砍一棵做垫板的树，再砍其他的树，这样树枝就会倒向这棵垫在下面的树，而不会压倒小树苗。当倒下的树“哐当”一声摔倒在地上时，我会心生不忍。我经常会想起那只母虎。这就是良心。

目光

很多人说过目光是具有力量的。比如说尽量不要把婴儿抱给陌生人看，防止婴儿会受到陌生人的“目光诅咒”。女人的眼睛尤其体现了这种力量。一个女人走在远处，即使你没看到她的脸，也没看到她的眼睛，但你全身都能感到她在看着你。如果对方是你心爱的女人呢？哪怕是她无意间，只是不经意地瞥了你一眼，你都会不由自主地感觉到，从而被她牢牢吸引，魂不守舍。而当她温柔地望着你时，除了她的眼睛，世间万物你都看不见，那一刻时间仿佛静止了。

不仅仅是人类的目光，兽类、鸟类甚至……植物也可以给人这样的感觉。关于这一点，猎人和挖参人是深有体会的。他们可以列举出几百个例子。比如说他们在很远的地方能感觉到野兽的目光，虽然没看到野兽，但可以肯定它就在附近。挖参人“郑重其事地”说“人参会看着人”，但他们并不能感觉到所有人参的目光，所以他们会经常发现不到人参而错过它。但是有时候，人们能感觉到这种目光，并在泰加林里准确地走到人参的所在之处，或者错过人参之后，又感觉到“什么”而突然回头。是什么样的力量把人们带到人参生长的地方呢？然后在附近一平方公里的范围内不管怎样仔细地搜寻，都无法找到另一棵人参。而人们最开始经过的人参就是这里唯一的一棵。

就在今年冬天，我也感受到了这种目光的力量。我像往常一样去打猎，在那些地方设置好捕兽夹子。我在经常走的那条小路上一边走一边检查捕兽夹子。有一个地方的小路附近 20 米处是一块大山岩。

我像往常一样走着，眼睛打量着四周，不时地注意着脚下的路。当走到山岩附近的小路时，突然我感觉胃发空，全身好像有无数只蚂蚁爬过，皮肤麻酥酥的。它们越爬越高，好像钻进了我的帽子，我的帽子好像都被它们顶高了，一直顶到我的后脑勺。太可怕了！我从未有过类似的感觉！也许这就是为什么古人相信生命和胃是相通的。我站在那里，大口地吸气，我无法做到平静地呼吸，我双手紧张地端着卡宾枪，处于瞄准状态，不时地看向四周。

并没什么可疑的东西啊！树木，雪，山岩，一片死寂。我能看到大约 50 米以内的东西。山岩上生长着枞树和雪松，那种被盯着的感觉就来自那里。我侧着身子继续向前走，我喘了一口气，拿雪在脸上抹了一把。我还是有些发蒙。这到底是怎么了？

一个小时后我原路返回，还是出现了同样的状况！我又一次双手端着卡宾枪处于瞄准状态，侧身走过山岩。回到小木屋后，我的双手在发抖，心怦怦直跳。脑袋里闪过无数个念头，也许泰加林里真的有林妖？我躺了一晚上，却一直睡不着，我决定早上再去山岩那里看一看。难道我不是一个现代人吗？我要去弄清楚。

早上我又去了山岩那里，终于弄明白了：昨天，有一只老虎趴在山岩上，它一直在盯着我。它目不转睛地盯着我！就是这只野兽的目光带给我那样的感觉！

亦梦亦真?

一番辗转周折之后，我只能一个人在帐篷里过夜，因为我有点分辨不清路，没找到我想去的地方。等我终于弄明白应该往一条旧军用道路上走的时候，我却无论如何都走不到了，因为已经是深夜了。我以前走过这条路。虽然它是在伟大的卫国战争期间先由囚犯再由日本战俘修造而成的，但很多地方的路况依然很好。当时，滨海边疆区的整个沿海地区都有公路，那时的村子、镇子、农庄和现在的不一样，海湾附近都有人居住，他们捕鱼、伐木、打猎。到处都有许多军人。那里的日子过得热火朝天的。

这是9月一个温煦的夜晚。一轮圆月下，我身上爬着许多蜱虫，虚弱无力地向那条路走去。当然了，虽然路面上很久以前就长满了树木和草丛，但在月光下还可以根据以前挖好的排水沟辨认出这条路。几十年来，鹿每次从万科山谷到乌斯别尼耶海湾，都要走这条平坦的路，把这条对于人走路比较方便的小路踩得很硬实，它们要去沿海地区吃海带。

我沿着小路走到第一块空地，搭起帐篷，筋疲力尽地睡着了。

我做了一个梦：我站在又陡又高的河岸边，望着湍急的河水，突然我和岸边的一块石头一起掉进了河里。水流将我卷进旋涡，一直在打转，我在水中越陷越深。我无法呼吸，水已经没过了眼睛，我觉得我快要死了。我绝望地在水里扑腾着，挣扎着，拼命地想挣脱致命的旋涡……最后，我醒了。我耳边响起震耳欲聋的吼叫声，帐篷的篷布上出现了一只老虎的身影！

尽管我不知道老虎的身影应该是什么样的，但我还是一下子就判断出这是一只老虎。我躺在帐篷中间，从睡袋里伸出双手，右手里有个哨子——我特意听从一些经验丰富的猎人的建议带了一个哨子，它可以吓跑老虎。我的左手里有一只手电筒，脚下有一把小斧头，但我不敢动。我已经感觉不到我身体的存在，就好像它并不是我的一样。额头、眼睛、耳朵以及全身，我都感觉不到了！

老虎咆哮着，在帐篷周围走来走去。一圈，两圈，三圈……我明显地感觉到老虎咆哮的声音就在我的头皮之上，令人毛骨悚然。我甚至都不敢转头！老虎绕着帐篷走了一会儿，咆哮了一声，离开了。

天亮时我醒了，抓起哨子，用尽浑身的力气吹响它，直到眼前发黑，什么都听不见了。最后哨子被唾沫堵住，发出嗞嗞声，然后就吹不出声音了。

我到了海边时才缓过神来。我完全不记得我是如何收起帐篷，如何走了将近 10 公里的路来到海边的。我到现在也不清楚，这一切到底是梦境还是现实。

凝视的眼眸

（根据雷德万斯基的讲述整理）

当我听到《凝视的眼眸》这首歌时，不管你信还是不信，我几乎要昏过去了，浑身发抖，头发都竖了起来……

哈哈……并不是因为喜欢这首歌才出现这些反应。虽然说我确实挺喜欢这首歌的……

是的，这首歌很好听。不错，真的很好听。但我要给你讲的是另外一件事……

不，我出现这些反应不是因为喜欢这首歌，而是因为一次打猎的经历。是的，这一切都和打猎有关。我一辈子都渴望去远东地区的泰加林里真正地打一次猎——就让我在荒郊野岭待上一两个月。只有我自己，在猎人过冬的小木屋里待着，周围一个人也没有。身体里的每一个细胞能真切地感受到，大自然是我亲爱的母亲，我是她的儿子。我不知道这个想法缘何而来，但这是我的梦想，我大量阅读过有关狩猎以及地质学家和伐木工人的书籍，还有与泰加林相关的各种书籍。从儿时起我就有这个想法。也许是因为我的祖辈里有库班哥萨克人，也可能有印度人。谁知道呢？

我的梦想终于实现了！我认识的一个人是狩猎俱乐部的主席，他为我提供了猎人过冬的小木屋、狩猎场地和许可证。最吸引我的是狩猎地点位于滨海边疆区的南部，在一片荒山野岭之中，那里非常僻静，是有很多野兽和人迹罕至的泰加林。说走就走！抛下一切我就出发了，生命什么时候还会给你带来这样的厚礼呢？小木屋很棒，附近有溪流，还有一个不错的浴室。怎么样？真不错啊！

我住在这里，看着，却怎么都看不够；呼吸着，却怎么都呼吸不够；听着，却怎么都听不够。我开始写诗，这有什么奇怪的呢？因为我全身心沉浸在泰加林之中。“存在决定意识！”还有决定的方式也很重要！而这就是幸福！

有一天半夜我醒了。我心情愉悦地躺着，但同时也很惊讶：我怎么醒了呢？我已经休息好了，精力充沛，那就跑到小山坡上去吧！万一泰加林里的空气能让我变成一个年轻人呢？我感觉此刻的小木屋的角落涌入一股柔软的气息，轻柔但很用力。就在我的脑袋附近。几不可闻的脚步声，轻轻的簌簌声，仅此而已。是我的幻觉吗？我不慌不忙地穿上鞋子，走到门廊那里，万籁俱寂，一轮明月挂在天空，视野很好，并没有下雪。我绕着小木屋走了一圈，刚才是我的幻觉吗？我刚才并没有睡着，我真实地感觉到了，好像是一个大毛绒枕头发出了声响。动静还不小，真奇怪啊！能是什么呢？我一时想不出什么合理的解释。

我站在小木屋前的空地上，欣赏着月亮，凝视着月亮表面的黑点，那究竟像什么呢？就像一个穿着连衣裙的女人，手里捧着两束花，翩翩起舞。你不要笑！还有一块红色陨石缓缓地飞过山丘，后面拖着发光的白色痕迹，这块陨石被一分为二！一部分在月亮之下，另一部分在月亮之上，转瞬飞过，消失不见，只留下慢慢消散的白色痕迹……真神奇啊！一定是那个老伐木工人把我吵醒了，他希望我能把这些发现并记在心里！

我看着月亮，感觉到在小木屋里写诗会写得更快，诗句源源不断地从我的笔端流淌出来，我点燃了蜡烛，写得更快了。你不要笑！你说过你更喜欢东方诗歌。因此我写下这样的诗句：

玫瑰因嫉妒而红艳，但你比它们更美丽。

黎明因嫉妒而白皙，但你比它们更美丽。

星星因嫉妒而闪烁，但你比它们更美丽。

鸟儿因嫉妒而飞翔，但你比它们更美丽。

你感觉怎么样？ 我接下来继续写道：

我用诗歌斗转星移，

就像风儿会带动叶轮旋转。

我在笔记本的最后一页，

勾画出片片帆影。

风儿承载了儿时的梦想，

在我的羽翼下吹向远方。

我却总是忘记自己并不是一只鸟，

而星星也畏惧光。

我抬头一看，而窗外……竟然有一个老虎的脑袋！它的眼睛盯着蜡烛……太突然了！我看着它，而它盯着蜡烛。它动了动鼻子，胡须碰到了玻璃……我向蜡烛吹了一口气，它熄灭了，而老虎的眼睛却像星星一样亮了起来。令人惊讶的是，当时我并不害怕。现在，当我听到《凝视的眼眸》这首歌时，一阵恐惧就会袭来，心怦怦直跳。这段让人刻骨铭心的记忆啊！

电流

我一共触过两次电。第一次是在我小时候，8岁左右。冰箱里的小灯泡烧坏了，父亲把它拧了下来，拿着它想去再买一个这样的小灯泡。我打开冰箱去拿牛奶，可冰箱里很黑。以前冰箱里是亮的，现在却是黑的。我仔细地看了看，发现原来有小灯泡的位置现在是一个亮圈。我的手不由自主地去碰了它。我被电了一下，全身抽搐，手指被吸在上面，拿不下来。眼前冒着金星。我摔倒了，很长时间都发不出声音来，也没有力气移动身体。我哭了起来，可还是不能说话，舌头不听使唤。我用手指着冰箱，嘴里发出含糊不清的声音。没有人知道我想说什么。当时真是一团糟啊！

第二次触电是在去年。我去卡连达利山的伐木区……

4月，小山岗之间雾气缭绕，馥郁的热气缓缓上升，温煦的阳光慵懒地掠过天空的白云，再照射在大地上，仿佛在享受着春天的喧嚣。周围不时传来动物们发出的沙沙声，有晃动的，有爬的，有飞的，有缓缓前行的。去年被阳光晒得卷曲了的叶子变成了古铜色，踩上去嘎吱嘎吱响，生硬地卷起了历史的年轮。草茎被雪映衬得发白，硬得像一根骨头，笔直而骄傲地坚守着自己的岗位，热切地期待着根部会冒出细小的绿嫩芽。树木惬意地摇曳着，发出沙沙的声响。树干里的汁液在涌动着，挤压着树皮，而树皮吱吱作响，膨胀，裂开，感觉到幸福的微痛，皱着眉笑着。树枝不耐烦地轻颤着：快了，快了，幼芽马上就要破皮而出了。

外面闷得让人喘不过气来。醉人的空气扑面而来，洒在肩膀上，走在林间小路上，我的双腿像棉花一样软绵绵的。现在我特别想躺在太阳晒得很热的地方，把衬衫蒙在脸上，品味春天温暖的阳光层层渗透我身体的感觉！

“嗷嗷呜！”突然一阵震耳欲聋的吼叫声传进我的脑袋里，吓得我双腿发麻，死死地站在地上，一动也不敢动。

“嗷嗷嗷呜！”吼叫声更加响亮了，整个泰加林都震颤了，我更是吓得全身发抖。

我双手哆嗦着从肩膀上扯下单筒猎枪，瞄准传来声响的灌木林。

“嗷嗷嗷呜！”我脚上穿的皮靴都在颤抖，却无论怎么用力都不能把它脱下来。

……我是怎么从那个地方回来的呢？——我不知道。当时我走路的时候，老虎就在旁边的树丛后不断地发出声音，我并没有看到它，只是听见它的吼叫。其实它不是吼叫，而像是触了电，这电流传到我身上，让我全身哆嗦着，它的吼叫声震天动地。就是这样的声音。这是老虎真正被电到了而发出的吼叫声。

“你想跑得更快吗？”

这是我很小的时候发生的事情。夏天的一个早晨，阳光明媚。我沿着林间小路向小河边跑。我一定要追上邻居家的男孩子们，他们吹了口哨叫我去小河里游泳，可在我喝完从奶奶养的奶牛佐丽卡身上刚被挤出来的牛奶这工夫，他们等不及了，叽叽喳喳地先跑了。我心急如焚地跑在平坦的林间小路上，跑得非常快，平底凉鞋在地面上啪嗒啪嗒地响，手臂在身体两侧快速地前后摆动着……

“你想跑得更快吗？”头顶突然响起雷鸣般的声音。我吓得赶紧停下了脚步。“你想跑得更快吗？”头顶的声音更加响亮了。我惊恐地环顾四周：这儿只有小草、树木，兔子们在静静地晒着太阳，还有昏暗处的蓝色光线。“不！”我声嘶力竭地大喊了一声，就害怕地继续向前跑去……

“如果你 40 岁的时候，身上哪儿也不疼，那么你多半已经是一具尸体了。”从前听到的一句话突然浮现在我的脑海里。我眼前发黑，关节酸痛，后背疼痛难忍，因为我背着装满了松子的背包，背包带勒得肩膀很疼。好在雪松就长在村子附近。好在中国人会花很大一笔钱来买走这些松子。好在任何一个没有工作的人都可以靠这种方式来挣钱。只要你不懒惰，趁还没下雪的时候就能挣到钱。

现在最好能抽上一支烟，然后赶紧回家，电视上正在播放节目《杀伤力》，我不想错过。谁知道，电视剧里的瓦夏·罗戈夫在美国还会干出什么荒诞有趣的事呢？……几个火红色的车轮突然从我眼前一闪而过，天越来越黑了……

寒冷的地面让我的后脑勺感觉冰凉。不知道是什么东西冲着我的脸在呼气。吭哧吭哧的！简直是太臭了！有个庞然大物遮住了渐渐变亮的天空。散发着臭气的身影变得越来越清晰，它的脸上有条纹……是老虎！！！

“你想跑得更快吗？”雷鸣般的声音从地面上响起。我身体里的每个细胞都在颤抖，全身发软，似乎化成了一摊稀泥，就像平底锅里煎的黄油一样……最终消失不见了。现在我眼中只有一个虎头，除此之外，什么也看不见！

“你想跑得更快吗？”雷鸣般的声音直接在我的脸上炸响，喷溅出火花。从老虎身边跑开？绝对行不通！！！

这些声音和气味异常刺激而清晰，就像很久以前的小时候就给我们留下深刻的印象一样。我紧闭双眼，但声音还是很轻松地穿透了我的面部皮肤。老虎就这么站在我的身体上方，和刚才一样仔细地嗅着。它的大鼻孔和胡须离我一会儿近，一会儿远，一会儿在左边，一会儿在右边。它先后闻了闻我的手掌、衣兜、腿和肚子。虎爪踩在干枯的叶子上，使叶子发出咔嚓咔嚓的声响。

“嗨！哎呀！乌溜——溜！”忽然远处传来了人们的大喊声。从不远处扔过来一块石头。之后传来了老虎跑远的脚步声，它被赶走了。我的脑袋里突然响起欢快的音乐，轻快而优美的嗓音以演唱歌剧的方式清晰地唱出了每个单词：“你想跑得更快吗？”“是的，想啊，想啊！”我在脑海中和着音乐的节拍唱了起来。

勇士

伊戈廖科的拳头特别厉害。他能一拳打弯铁棍，弄瘪铁锹，他真是有力气。但是靠拳头能打赢老虎吗？还从没有过这样的事呢！你见过老虎的头盖骨吗？我见过。和装甲车一样吗？很像。你怎么提到装甲车了？对，应该把老虎头与空投炸弹或者反坦克地雷相比较。也就是说，只能从下方或从上方把老虎击昏。伊戈廖科是从上方击中老虎的。但他从没有说过这件事。是啊，他平时就不爱说话。对于他曾在阿富汗获得过红星勋章、他是个神枪手、他猎到的黑貂比别人多等事迹也从来都不说。真是个勇士啊！！

要是夏天的话，你可以看到他的伤疤。在左胳膊上，整个胳膊肘都被抓伤了。是老虎抓的。它在守护自己的猎物。它以为伊戈廖科想要抢走它的野猪。实际上是伊戈廖科自己开枪射中了一头野猪。很大的一头野猪。特别大的一头。给野猪开膛就花了大概两个小时。他听到不远处传来嘈杂声、尖叫声以及噼里啪啦声。他以为是野猪在交配。毕竟正值 12 月，野猪的交配期。

他没有在意，继续给野猪开膛。他用兽皮盖住了野猪内脏，这样它们就会被冻住，黑貂在兽皮的掩盖下能啃食很久，乌鸦是吃不到的。他把猪腿塞到背包里，再多也拿不动了：反正这几只腿差不多就有 50 公斤了。他背上背包向小木屋走去。可就在这时出现了一只老虎！老虎咆哮着向他扑了过来，这让他毫无准备。老虎从大约 50 米远的地方径直朝着伊戈廖科扑了过来。

那伊戈廖科怎么做的呢？他以为，老虎只不过是吓唬吓唬他。他向旁边跑了大约 10 米。一般人都会做出这样的反应。可这只老虎更加暴躁了，它径直扑向了伊戈廖科，扑到他的左胳膊上，把他的左胳膊弄脱臼了，他根本就无法取下后背的卡宾枪。他本以为，老虎只是吓唬吓唬他而已。

很大的一只老虎，还是只公虎。它死死咬住了伊戈廖科的左胳膊肘，伊戈廖科突然挥出右拳打在老虎的两眼之间。他说，老虎立刻就松开了獠牙，倒在了地上。

伊戈廖科向小木屋走去，用右手按住伤口，他说他的手指正好插进伤口里了，但他并没觉得疼。他把肉带回来了，也没失血过多。小木屋里有一个急救箱，他在伤口上倒了些碘酒，用绷带包扎了一下，就完事了。真是个勇士啊！

他一晚上都没睡着，一直担心老虎会找到野猪肉，把它吃掉。终于挨到了天亮……伊戈廖科去取回剩下的野猪肉。他的左胳膊很疼，但还能动，手指也能动。他已经打算好了，如果老虎再次扑向他，他就开枪。他走到地方了，周围到处都是老虎踩出的痕迹，但野猪肉还在原地。不知为什么，不远处有一只乌鸦突然飞了起来，很奇怪的样子。伊戈廖科还是走过去看了看！真是个勇士啊！

原来，旁边有一头被老虎吃掉一半的野猪。老虎刚离开不久，惊飞了那只乌鸦。它听到伊戈廖科朝这里走来……就躲开了。

伊戈廖科将剩下的一部分野猪肉背在肩上带回了小木屋。他回到小木屋之后，喝了点茶，就又回去取肉。他说，老虎又围着野猪肉转悠，但没敢动它。即使是老虎也敬畏力气大的人。伊戈廖科只有在迫不得已的情况下才和熊或者野猪一较高低。

老虎一直在附近转悠，只是在伊戈廖科靠近它的时候，它才离开。他说，他看到老虎的身影在雪松后一闪而过。他装好所有的野猪肉，走了。他感觉老虎一直跟着他走到小木屋那里，在小木屋周围晃悠了一个晚上，临近早上的时候才离开，之后再也没在伊戈廖科眼前出现过，就连伊戈廖科的狗，老虎也不敢招惹。老虎是有记性的，它牢牢地记住了勇士的拳头。

不堪一击

老虎的鼻子是它全身最薄弱的地方，打一拳就会流血。而且老虎很怕疼——它永远不会伤害自己，对它来说，与其疼痛，不如去死。

你要证据吗？这样的事怎么证明呢？你如果亲身经历了发生在我身上的事情，自然就会相信的。事情是这样的。

一只老虎被专门设置的捕猎黑貂的夹子夹住了，因为它想吃花尾榛鸡做的诱饵。也许它太饿了，也许它只是喜欢吃花尾榛鸡。有些老虎会对在雪地上睡着的花尾榛鸡无动于衷，而有些老虎专门逮花尾榛鸡吃——毕竟它也是爱吃鸡的猫科动物，只是体型较大而已。

这只老虎的爪子被小捕兽夹子夹住了，这是一只最小的捕兽夹子。老虎的爪尖在雪地里留下了明显的痕迹。它用爪子猛烈地挣扎了一下，可小捕兽夹子虽然小，但很结实，它越动夹得就越结实。它就这样被链条和木棍固定在那里，无法动弹。这只色彩斑斓的大老虎怎么都无法摆脱捕兽夹子。

今年在此之前它还被抓到过一次，但它用爪子把捕兽夹子甩掉了，我无意间找到了夹子：它被挂在一棵白桦树上，距离地面有5米高，离捕兽夹子上的木棍有20米远。这就看出它的爪子使了多大的劲儿才摆脱掉夹子的啊！

而这一次，它被捕兽夹子夹住了，怎么都甩不掉。它只能拖着夹子走，他把夹子拖到了树丛里、雪堆间，这些痕迹都清晰可见。我想，要是它被夹一个星期的话，会不会被困在这里饿死呢？它应该能挣脱的，它只是一个爪子被夹住了而已。我要在下大雪之前找到捕兽夹子。我沿着它留下的痕迹继续寻找。老虎被一根棍子绊住了，趴在一棵榛树下！树丛太茂密了，我看不清楚它的具体位置。当我靠近它，它一下子向我扑了过来。我躲开的一瞬间，它的爪子又向我的后背抓来！我来不及回头，它就一口咬住了我的肩膀，它的爪子划过我的脖子，把我手中的枪打掉了。不知怎么搞的，它的头钻到了我的胳肢窝下面！我用胳膊肘夹住它的脖子，冲着它的粉红色的鼻尖狠狠地挥出一拳，一拳就打得它鼻孔出血。然后我又狠狠地打了它的鼻子几拳。老虎挣扎着向后躲，把头从我胳肢窝下面缩了回去，跑开了，它不时地打着喷嚏，因为它的鼻子流血不止。

后来我躺在医院里，分析了整个过程，我想那只老虎当时应该很虚弱。可能是饿的，也可能是生病了。它要是身体没毛病的话，我被它抓到脖子早就当场死了。也可能是因为我以前是个拳击手，及时地俯身躲闪开了，并且一拳就击中了老虎。毕竟老虎的鼻子是不堪一击的。

你再给我10卢布吧！

“你就再给我10卢布吧！你知道的，这些不够买啤酒的……也不够买解醒酒[1]……唉，我搞砸了……你是了解我的……这一切都是因为一只母虎！”

在我面前站着一位猎人，他耷拉着有一头花白卷发的大脑袋，他曾经是这个地区赫赫有名的优秀猎人。

“给你，谢苗诺维奇，母虎怎么你了？”

“你知道吗？我的神经已经受不了了！我要远离泰加林去歇息一阵了，否则我非把那只母虎杀掉不可！它不给我出路啊！咬死了所有的狗，毁坏了我所有的捕兽夹子，吃掉了黑貂，把野猪和马鹿从河谷都撵到了小山岗上。我的腿脚已经爬不了山去追赶它们了。你知道的，我岁数大了。它还时不时地让我感到心悸。总是突然吼叫。我要是打中了什么，它就把所有的肉都拿走，都是它的了。再也没必要出去打猎了，无论打到什么，它都立马抢走，和它的虎崽们瞬间吃光。这打的是什么猎啊？兄弟们取笑我说它爱上我了。而我没吱声，没有说它是在报复我，因为我曾从它那里夺走了野猪，

1　醒酒后再喝一些酒以解不适之感。——译者注

并用枪声吓唬它和它的虎崽们……

“它爱上我了？……真是笑话，老虎怎么会爱上人类呢！如果不是因为惧怕卡宾枪，它早就把我吃了。凶残至极，太可怕了！所有这一切都是因为它是女王！真的！它绝对是个女王！

“你要是能亲眼看到它，你就会明白了。它的毛色很罕见，暗红色！不是砖红色，而是暗红色！对天发誓！一天，我恰巧找到一株鲜红的花，我蹲在它面前，欣赏着，心里暗自欢喜着。以前当我找到什么好东西的时候，我总会欣喜若狂，大声叫喊，以自己的方式祈祷。还会特意为我的人参女神留点好吃的，把好吃的藏在树叶下。为的是下次它不会忘记，还会带我去找到人参。

“小红花是什么？它就是人参。我蹲在这株参花鲜红的人参前面，不再像以前那样激动得背上起鸡皮疙瘩，我只是静静地欣赏着。这时老虎出现了！它站起来吼叫着！这些人参浆果也是暗红色的，没有一丝杂色。你懂的。而它在我的对面，也是暗红色的！你要是没亲眼看到，你是不会相信的。它喜欢突然在小路上出现，炫耀地走来走去。它尤其会选择在我手里拎着重东西的时候出现，或者是肉，或者是捕兽夹子，也有可能是刺五加[1]。我这个时候会把卡宾枪横挂在胸前，不方便快速地把它绕过头顶拿下来。它什么都知道！它把我研究透了：我喜欢坐在哪里，我喜欢在哪里洗漱，我喜欢喝哪个山泉里的水，我喜欢在哪里吃东西……它都看在眼里，

1　灌木，高1到6米，生于海拔数百米至2000米的森林或灌丛中。——译者注

多么神奇！它甚至把整个泰加林都看在眼里！甚至我在哪个地方拥抱白桦树它都知道！是的，我经常拥抱白桦树！

“在遇到这位女王之前，我把泰加林当作我的妻子。我从小就知道我爱她。我一直这样认为。我与树木、小山岗聊天。是的，就像德尔苏·乌扎拉[1]一样喜欢大自然的一切。当你置身泰加林，不仅要与树木打交道，还要与每一棵小草推心置腹。你会和我一样，即使闭着眼睛，也能准确地判断出每一棵树的位置。这也没什么奇怪的！当你在黑暗之中行走时，泰加林里的每一棵树都会帮助你的。你一摸树皮，就知道，这是胡桃树还是黄檗树，你就知道距离猎人过冬的小木屋还要走多远。

“可现在，已经不是这样了。她已经不是我的妻子了，而是我的未婚妻。泰加林又成了我的未婚妻了，因为……我没有办法亲近她。那只母虎不允许。我只能暗中欣赏她。就像看着自己的女儿一样。母虎也看着泰加林。我说，我经常拥抱白桦树。因为年轻的时候没时间拥抱，现在我要好好地拥抱它。你也试一试，你一定也会喜欢这种拥抱的感觉的！把面颊贴在树皮上，感受它的皮肤！就像拥抱家人的感觉一样！

---

1 《德尔苏·乌扎拉》是一本极为出色的关于人与自然的图书。1902年和1907年，沙俄军官阿尔谢尼耶夫两次率领考察队到乌苏里地区探险，巧遇赫哲族老猎手德尔苏·乌扎拉。德尔苏·乌扎拉为考察队充当向导，并挽救了阿尔谢尼耶夫的生命，与之建立了深厚的情谊。该书让人们了解大自然的伟大与残酷，人是可以与大自然和平相处的，但当大自然被破坏时，人们将会第一个遭殃。——译者注

“它的虎崽们也很特别。它们都是橙黄色的！不是稻草的颜色，也不是铜黄色或金黄色，而是橙黄色。我说得再准确一些，就像雪地里的橙子一样。我能区分出这些颜色。我曾经差点成了一名画家。那都是以前的事了……

“你再给我 10 卢布吧，要是能给 100 卢布就更好了！ 我会对你感激不尽。什么时候能还你钱我不知道。我说我需要出去歇息一阵子。我要去砍树，也许能锯出一个刻花的门窗框来。你明白的，在泰加林里也需要一种特殊的心情。不仅要会欣赏它，还要会利用它。而当你面对的是女王的时候，更要好好地利用……哎，你再给我 10 卢布吧！……快点儿给我吧！……”

泰加林守护者

我们下山去小溪边过夜。已是黄昏，夕阳已落到锡霍特－阿林山脉后面，暮色更浓了。猫头鹰也因为狩猎季的开始而兴奋得咕咕叫着。已经能够听到溪水从陡峭的山坡倾泻下来的咆哮声了。这时从前面传来老虎的吼叫声。一切都清楚了：老虎听到了我们的动静，它在警告我们这个地方已被它占领了。我们沿着山坡向侧面走，寻找着有山泉或者水塘的地方——如果找不到水源就没地方过夜。很快我们就找到一个小山泉，那里紧挨着野猪的“洗澡池”。地方不怎么样，但还可以搭一个帐篷。我们搭好帐篷，安顿了下来，熬了一锅热乎乎的粥，里面添了一些焖肉罐头。吃完晚饭，我们坐在篝火旁，看着篝火，看着星星，交流着一天的感想，商量好明天的计划，这时突然又传来了老虎的吼叫声。

在一片令人昏昏欲睡的寂静中传来隐约的声音，离我们过夜的地方越来越近。很快就清楚地听到老虎走近的沉重而杂乱的脚步声。这声音越来越近了！在一片寂静中，这些脚步声听起来尤其刺耳，仿佛老虎不是在枯叶上行走，而是伴着嘹亮的军号前进一样。距离我们大约还有 20 米时，老虎长长地舒出了一口气，呼噜着躺下了。周围的一切突然安静了下来，只是老虎的尾巴还时不时地弄出点声响，一会儿向右晃动，一会儿向左摇摆。它的尾巴似乎在检查其主人是否安全，感受其主人占领的空间有多大一样。

怎么办呢？能怎么办呢——只能睡觉！我们故意叮当叮当地把东西收到帐篷里，用手电筒照向老虎的方向，这位时刻保持警惕的泰加林守护者立刻用冷冰冰的绿色圆眼睛回应了我们。

你在守护泰加林吗？那你就守着吧！我们要睡觉了！

我们在身旁放了一把斧头、一个发焰筒和几把刀就躺下了。周围一片寂静，安然无恙。一阵倦意袭来，我们很快进入了梦乡。但沉重的轰隆声越来越清晰地透过帐篷布传进我们的耳朵里。

“你听到了吗？”

“听到了。”

“这是什么声音？”

“不知道……”

我们仔细听了很长时间。轰隆声是从老虎那边传来的。

“啊！是老虎在打呼噜！这个混蛋！”

“它难道听不见我们在说话吗？”

“听不见！好吧，我们再大点声！”

“嘿，你这个家伙！不要影响别人休息！你别打呼噜了！”

传来一阵嘈杂的喘气声，声音停了一会儿，然后打呼噜声又响起来了。

“该拿它怎么办呢？”

“没办法啊！让它睡吧，只要不来招惹我们就好。”

“你说得对！算了，就让它睡吧！只是这么响的‘呼噜’让我们怎么睡得着呢？”

“随它去吧。最近我读了一本书，书中说人失眠的时候，静静地躺着也是在休息。”

“好吧，我们躺着吧。”

“躺着吧。”

老虎好像梦到什么了，呼噜声一会儿变小，一会儿变大，它的呼噜声还不时地夹杂着一些嚎叫和低吼，和汽车或拖拉机从远处传来的轰鸣声一模一样。这种不大不小的震动声使我们的帐篷布微微震颤，然后震颤到地面，再然后又震颤到我们的身体。

“瞧它干的好事！”

“行啦，行啦，让它睡吧！”

“真见鬼，让它睡吧！”

我们就这样忍耐了它一晚上！临近早晨的时候，我们疲惫不堪的神经终于熬不住了，在一片电光火石和电闪雷鸣中睡着了。这是一种似睡非睡的感觉，像做梦一样。唤醒我们的不是老虎的呼噜声，也不是鸟儿清晨清脆的鸣叫声，也不是松鸦和乌鸦发现泰加林主人而发出的尖叫声（即使在梦中我们也能听到），而是明媚且炽热的朝阳。

我们钻出了帐篷，脑袋昏昏沉沉的，就像生了锈的铁疙瘩一样。老虎睡醒了，天一亮就走了。乌鸦在远处哑哑地叫着，我们的头顶是一片蓝天，只有脚印能证明，泰加林最可靠的守护者在我们身边守了整整一夜。

对峙

人可以一动不动地站上几个小时，这是很正常的事情。从儿时起，无论是参加集会、节日庆典还是去教堂礼拜，人们都能长时间地站着。特别有耐力的人甚至能站着睡觉，不断地刷新自己站着睡觉的时间纪录，甚至会被写进《吉尼斯世界纪录大全》。但野生动物能和人一起站很长时间吗？像老虎这样的野生动物呢？事实证明，它是可以站立很长时间的！

有一次我去打猎，半天的时间都用来追野猪，甚至朝它们开了枪，但最终一无所获！我正沿着小路往前走着，这时迎面走来……一只老虎！我俩都发现了对方，同时停下了脚步。我刚好在此之前看了一眼手表——1 点 55 分。天黑之前我应该能穿过旁边的雪松林。但我看到老虎的一瞬间，大脑里已经一片空白了！我只记得不要跑，应该大喊大叫，要大声骂它，我甚至忘了我的肩上还有一杆枪。

我俩就这样面对面站着，一动不动，彼此看着对方的眼睛。我们之间只有 5 米。我想说点什么，却喊不出声，我的喉咙像被堵住了一样。我一开始说了什么，我已经不记得了。可能是我求它快点离开。是的，我还记得我想悄悄向后退，但却做不到，我的双脚像长在了地上一样。我嘟囔了几句，然后就没力气说了，我已经筋疲力尽了。而这时，一直一动不动盯着我眼睛看的老虎开始左右摇摆尾巴，拍打着树丛。我一说话，它就停止摇尾巴。于是我开始简单地介绍自己，介绍自己的生活。我在哪里出生，学习怎么样，我娶了谁，犯过什么错误。毫无隐瞒地向它和盘托出自己的一切，就像在向牧师忏悔一切。我说了很久，然后觉得喉咙发紧，就沉默了起来。老虎立刻又开始摇尾巴。我只好开始唱歌。好在我知道很多歌曲，以前我能坐在篝火旁，在吉他伴奏下，唱上一晚上都不会重样的。我唱啊唱啊，开始是小声唱，然后低声哼唱，接着声音更小了，我想老虎应该能听到，毕竟要保护好嗓子。当声音变成窃窃私语时，老虎……打了个哈欠，一转身……走了！

之后我感到自己特别虚弱：腿脚可以动了，可我的身体就像自己刚卸载完装满铁钉箱子的一节火车车厢一样软弱无力。记得上次我有这种状态的时候还是上大学的时候，当时必须打工挣钱。最糟糕的是，我把自己肩上有枪的事忘得一干二净，我本可以对天开枪吓跑它的，那样就不会让自己如此虚弱无力，也就不会有持续三个小时的对峙了。真的，后来我还为此表扬了自己：我要是真的冲老虎开枪了，不知道它会对枪声作何反应。就这样，我经受住了与老虎之间的真正对峙！

电影

在我们堪察加发生了像电影一样的真实一幕：有一头健硕的熊被杀死了，10个人合力踉踉跄跄地把它拖进直升机，然后起飞，升空，可就在这时，熊竟然……又活了！幸好机舱里很昏暗，这个“大块头”没冲向人们，而是冲向了最近的舷窗，它在几秒钟之内不仅扯烂了座椅，还把附近的整个内板都撕成了碎片。还好没有弄坏电线，好在枪就在人的旁边，而且那个人没有惊慌。所有人都承认，他们的生命就要戛然而止了。暴怒的熊会毁坏一切，它也会毁掉这架载满了人的正在飞行中的直升机！！！这就是真实发生的一幕！

我们滨海边疆区发生的一幕也不亚于这部“电影”。我们第一次决定拍摄一部关于大自然野生动物的真正影片，是关于野生老虎如何猎杀狍子的。一只年轻的公虎被捕进了“捕兽器”，这是一个由橡木制成的大笼子。笼子被放在老虎经常路过的地方。在笼子特制的“隔间”里放了一条狗。老虎发现了狗，就钻进了“捕兽器”，踩到小木板上，打开的笼门瞬间落下。就这样，老虎被抓住了，它也无法咬坏笼子。它被毫发无损地捕到了，因为周围都是树木。

年轻的公虎就这样被抓住了，它被注射了镇静剂，被装进一个提前准备好的特制围栏里，这是四周用很高的铁丝网围起来的泰加林里的一个区域。工作人员事先准备了两只捕猎的狍子，在一个特意搭建的3米多高的木板台上准备就绪，就等老虎醒来之后，发现狍子，然后开始猎杀它们。

老虎醒来了，因为镇静剂的作用，它摇摇晃晃地走向了狍子，这时它看到木板台上有人。老虎立刻睡意全无，它咆哮着，冲向了木板台上的摄影师们！它差点就要够到他们了……但最终还是没有够到。因为，子弹止住了它。这就是这部影片的全部。

偷鱼贼

（致 S. Y. 列奥诺夫）

“鱼爱咬钩吗？根本不上钩！我已经不去钓鱼了。早就不钓了。”“为啥不去了？就是不想去了！”“你不信吗？要是你也被吓坏了，你也不再想钓鱼了。”“不，不是渔业保护部门不让钓了。它有什么可怕的？我就是被吓坏了，被吓得魂不附体。”“谁吓的？还能有谁？老虎呗！”“你想象一下吧，是一只老虎把我吓坏了！”

当然，人们经常去的地方，一般来说很少会出现老虎。那里的鱼也不怎么样：要么怕人，要么很少，要么很小。总之，我不喜欢在有人的地方钓鱼，更不喜欢人多的地方。可是没人的地方，野兽和鱼都很多，老虎也经常出没。你看，就是在这样的地方老虎把我吓坏了。

不，老虎没吼叫。事情发生时周围的一切都是静悄悄的，“就在你眼皮底下无声无息发生着”，也可以说，“我是眼睁睁地看着这一切发生的”。

好吧，我给你讲讲这个过程吧。我和几个朋友开车去我们经常去的老地方钓大马哈鱼，那里位置适合，鱼也很多。唯一的缺点是把鱼拿到车上要走 30 多米。但优点是万一渔业监察员突然出现的话，更便于我们逃跑。于是我们放好了网，坐下“等候”。这时鱼钻进网里，我们开始“大丰收”，把鱼装进袋子。我们甚至还钓到了一条足足有15公斤的龇着牙的狼鱼！我一辈子从没见过这种鱼！我们看了看这条鱼，每个人都和它拍照留念，然后就把它装进袋子里，再把袋子放到车里。再后来我们又钓到了几袋子的大麻哈鱼，把它们都放到了车上。再后来又弄了几袋子。当时的情况是这样的：车停在那里，车门开着，我正拎着一袋子大麻哈鱼往车子那里走，距离车子只剩下10米左右远时，向车子径直扑过来……一只老虎！非常健壮的一只！它绕着车子走来走去，只是瞥了我两眼，我就如坠冰窟，站在那里一动也不能动了。它把头伸进敞开门的车里，拽走了一袋鱼，跑进了树丛！我当时吓坏了——这怕什么，胆小鬼，你别怕！可它拿走的却是足足15公斤重的狼鱼的那个袋子啊！

我以前读过的一本书里说，老虎并不讨厌吃鱼，但它们不会和熊一样去专门捕鱼吃。但是能让一只健壮的老虎在人的眼皮底下从车里偷走鱼吗？这个偷鱼贼！它毁掉了我再去钓鱼的愿望！真是一个偷鱼贼！

骑士风度

谁能想到，这样一只看似可怕的凶残的老虎，实际上竟如此高尚。而那些看似平和的动物，像鸽子和鹿，实际上却冷酷无情。它们经常会在求偶的时候伤害或弄死其他竞争者。而老虎永远不会这样。这是一个科学事实。我举一个发生在滨海边疆区伐木工人生活中的例子吧，足可以证明老虎的高尚。

那里的人们一开始叫我古楚尔人[1]，因为我来自乌克兰西部。我不是摩尔达维亚人。人们通常称呼乌克兰人为班德拉[2]人。叫我古楚尔人或许是因为喀尔巴阡山离我的家乡玛尔达罗夫卡[3]很近吧。那里也有森林，虽然不像滨海边疆区的森林那么大。从军队退伍后，我回到家乡，结婚生子，却始终找不到合适的定位。我始终无法忘记自己在滨海边疆区服役的时光。于是我给战友们写信询问有什么出路。就这样，我去了一家林场打工挣钱。很好的一份工作——挣

1 古楚尔人是加里西亚－沃伦罗斯公国的古斯拉夫人的后裔，为了躲避封建专制而逃亡到喀尔巴阡山地区。古楚尔人的聚居区位于乌克兰最西部，外喀尔巴阡山以东，喀尔巴阡山以南。由于同外部世界隔离，古楚尔人保留着传统的生活方式。——译者注

2 即斯捷潘·班德拉（1909—1959），为二战期间“乌克兰民族主义组织”领袖。——译者注

3 乌克兰敖德萨州波多利斯克区的一个村庄。——译者注

钱多，还很有意思。周末可以经常去打猎钓鱼。我甚至开始考虑把全家搬到这里，就开始打听这里的房价。但是，俗话说得好：贪多必失，我也只能是想想罢了。

在一次打猎的时候，我听到乌鸦哑哑地叫个不停，我悄悄走过去，看到一只老虎正站在猎物旁，它刚刚猎杀了一头野猪。它的动作非常灵活：用两条后腿的爪尖划开野猪肚皮，掏出内脏，然后把没有肠子的野猪尸体拖到树丛中。老虎伏在那里，吃着野猪的一条后腿。而我知道，是可以把老虎吓跑，把野猪肉抢过来的，有些猎人就是这么干的。于是我开始大喊起来，把树叶弄得哗哗作响，拍打着低矮的树木，而老虎悄悄地站了起来，耷拉着耳朵……就离开了。我靠近野猪，这是一头小猪，我迅速地把它剥皮并分成了小块，装了满满一背包，然后往回走，回到伐木工人的住宿地上了。一路上我的手里都紧紧地攥着猎枪，不停地喊叫着。

回到了住宿地，大家用新鲜的野猪肉做了丰盛的菜肴，我成了伐木队里的英雄。第二天，我干完了白天的工作，在一片暮色中关掉了机器的引擎……

“维嘉，你在哪儿呢？”我的搭档——捆木工维嘉开着集材车过来，不知道他为什么磨磨蹭蹭的，从驾驶室里重重地跳到地上，高筒靴发出很响的声音。

有一只美丽的蝴蝶一直跟随着我同行，今天很暖和，昆虫们也很活跃。我想抓到它把它晒干，送给我女儿，她收集蝴蝶标本。但它却突然飞走了，它感觉到我想捉住它。我开了一路，它一直在车上，一动不动。可刚开到地方，它就飞走了。可能是因为我关掉了引擎，车不震动了，昆虫就不感兴趣了。我们一边谈论着蝴蝶，一边往住宿的棚子方向走。

身后传来啪的一声，我的肩膀被打中了，我翻了一个跟头倒下了！我完全弄不明白是怎么一回事，只感觉身侧有一股很大的劲儿要把我按在地上，我的胸前承受着重压。呼哧，呼哧，呼哧，巨大的喘息声正冲着我的脸。我被挤压住的心脏感觉到越来越疼，跳动得越来越慢，意识逐渐模糊了……

老虎咆哮了一声，把爪子从我胸前移开，转身走开了。我被踩压过的胸口很疼，嗓子一直咳嗽。心脏不再挤压我的肋骨，逐渐开始舒缓、恢复弹性并平稳地跳动着，一切正常了，我还活着。维嘉站在旁边，如筛糠一般颤抖着，呜咽地哭着。

“别害怕。”我心里莫名地感到很平静，这种平静支撑着我站了起来。

这就是那只老虎，昨天我从它那里拿走了野猪肉，它在报复我。它在让我知道泰加林里谁才是真正的主人。

一周紧张的工作结束了，又到了周末，我又去打猎了。我莫名其妙地又一次来到那个狭长的山谷之中！好像鬼迷心窍一般，附近的小山岗上再次响起乌鸦的叫声。我是谁？不是一个勇敢的人吗？我从来都不是胆小鬼！

我小心翼翼地沿着山坡向上走，藏在岩石后面往外看。抓住野猪的还是那只老虎！它立刻感觉到了我的目光，短促地吼叫了一声，跳进了树丛中。

“砰！砰！哒！哒！”我朝它连续开枪。老虎跑了，树枝发出咔嚓咔嚓的声音。

“又跑了！下次我一定杀了你！”我冲着它的背影大喊道。这次野猪已被它吃了一半。瞧它的速度！野猪的两条前腿和脖子它还没动，这头野猪很大，我的背包里再次装满了野猪肉。

伐木工人们十分惊讶！在隆重的晚宴上，他们说：“现在，奥斯塔普，你两次成为俄罗斯泰加林的英雄！你连老虎猎到的野猪肉都敢拿回来，你对老虎，如同猫对老鼠一样！母虎的屁股你都敢摸！”

我们特别高兴！我这辈子从没这么笑过！一直笑到抽筋，笑到呕吐……

第二天早晨，队长布置了白天的工作任务后说：“不要一个人去树丛了，随身带好武器。我有种不祥的预感，我觉得昨天我们太高兴了。这只老虎有可能会伺机报复。”

但这一天平静地过去了。人们时刻都保持着警惕，伐木工人尽量使用电锯锯木，他们没有节省汽油，也没有让这些油锯离手。第二天、第三天和第四天也是如此。

我摸着黑载着剩下的全部原条[1]开车回到集材场，关掉了引擎，钻到车下排水，因为不排干水的话，引擎会被冻住的。已经是早晨

---

[1] 去掉枝的连梢树干。——译者注

了，小水洼里倒映着渐亮的天空，我把双筒猎枪背到肩上，向住宿的棚子走去。

“啪！”我的头被拍了一下，后背又被击了一下，就像是被一道闪电击中了我的后脑勺，灼伤了我的手臂，撕裂了我的大腿……

我被缝了 52 针。周围的每个人都对我感到怜悯、同情和难过，但我既快乐又幸福：我只是受了轻伤，这只老虎对我已经手下留情了，它很有骑士风度。

一件怪事

这是一头不同寻常的兽！行踪难测！一百年来人们一直在研究它，它有时做出的事情会让你跪在它面前，祈祷膜拜。或许是出于感激，或许是因为在它身上你感受到了上帝的化身。它是一头特别美丽的兽。似乎关于它的一切都已经被学者们研究得很透彻了，见到它时应该怎么做的规则也被详细地制订了出来。但实际上，它不会循规蹈矩的，它不会按照人类定下的规则行事，一旦它完全不按规则行事，我们就要对它规规矩矩的。

这件事是很久以前的事了。当时在国有农场可以轻松弄到鹿茸许可证。哎，那时候可真好啊，要什么就有什么！你想要野生药草，你就去采吧，晒一晒就可以用了；你想要松子，你就去找吧；你想要人参，你就去挖吧；你想要鹿茸，你就去割吧。不管干什么都能挣上大笔的钱。现在可不行了。没人要动物的皮毛，也没人要鹿茸。唉！要是有数不清的钱就好了，想要什么就会有什么。

就这样，我拿到了许可证，在背包里准备了足够一星期吃的食物，就去泰加林找鹿茸了。我知道一片神奇的碱土地，离它半公里远的地方是猎人冬天打猎时歇脚的小木屋。这是一片真正的碱土地，是纯天然形成的，土的味道不错，我亲自尝过。其他地方的碱土地可不是这样的。要么有一股碱味，要么有一股苦味，要么就像白粉笔一样有一股涩味。而这片碱土地的味道不错，酸酸的，甚至还有点甜。你把一小块土放进嘴里，细品一下，很享受，味道有点像柠檬茶，就是微甜的茶水里再放上柠檬切片的味道。所以动物们宁愿跑上一百公里也愿意来这片碱土地。那什么时候可以找到这种美味的土呢？从早春冰雪消融一直到深秋，也就是还没下雪的时候。千百年来，这条林间小路早已经被它们踩出了坑，已经没腰深了。它们吃了很多的碱土，形成了一个足球场那么大的坑。总而言之，这是一片神奇的富含碱土的土地。当然，去那里的路不太好走，而且有点儿远，但每次去都不会白去，无论是傍晚，还是清晨，在任何天气里，你都能猎到你想要的野兽。

我当时还年轻，刚开始打猎不久。胆子还有点小。要是半夜一个人走在泰加林里，我会觉得每棵灌木后要么藏着一头熊，要么藏着一只老虎。后来我就渐渐习惯了。

这一次我猎到了一只马鹿，给它开了膛，把肉藏进了小溪里，又把鹿茸和一部分鹿肉送到了小木屋。我懒洋洋地带着卡宾枪去取剩下的鹿肉，有什么可怕的呢？只要我开上两枪，周围的动物就会四处逃窜了。我把剩下的鹿肉装好，再次向小木屋走去。就在这时……出现了一只老虎！就像老话说的：我俩几乎头碰头了。我一开始吓得一动不动，然后……撒腿就跑！我知道不能跑，一旦跑动就会刺激老虎攻击我，但我无能为力！我的腿脚完全不听使唤了！身后传来清晰的追赶声，越来越近了，我吓得眼前发黑，我马上要没命了！可我的腿还在拼命地跑着！

老虎马上就追到我的身后了，我能清晰地听到它鼻子里发出的呼哧声，我的心都凝固了，这颗怦怦跳动的冰冷的红心在我的身体里扎着我的肋骨、喉咙和腹部。我马上就要死了！可我的腿还在拼命地跑着！

我的眼前只有一样东西——通往小木屋的小路。而我这时感觉……老虎就要超过我了！

它已超到我前面了，从我的旁边跑了过去！我在小路上拼命地跑着，而它在旁边的树丛间跑着！它的动作特别灵活！时而蜷着身体，时而左右穿梭，时而腾空跳跃。而我却不能停下来！

这时，它跑到我前面去了！它已经在我前面跑了！初升的太阳射出的刺眼光线直照在我的脸上。可我不能停下来！

老虎就这样欢快地跑着！它的尾巴摆动着，就像带条纹的龙卷风一样。它的身体跳跃一下，尾巴就转一圈，身体再跳跃一下，尾巴就再转一圈。但我停不下来了！

老虎一会儿靠左边跑，一会儿靠右边跑，有时和我并排跑，有时在我后面跑，有时又回到我前面跑！我停不下来！

我跑进了小木屋，砰的一声关上门，把背包丢在躺椅上。我竟然和它一起赛跑？！我打开门，碰碰运气吧！直到把十发子弹都射光了，我脸朝下地瘫倒在地上，爬到了水桶旁，把头浸在水里，水咕嘟咕嘟地吐着泡泡，然后我使劲地喘着粗气……

真是让人费解啊！我为什么停不下来呢？为什么呢？好吧，

可以解释为我太害怕了！但老虎为什么会超过我呢？为什么呢？它想和我一起玩吗？它是在寻乐呵吗？那么，它为什么没跳到我的后背上呢？为什么呢？解释不了吗？真是一件怪事！

虎之蔑视

我不建议任何人在有老虎出没的地方逗留，特别是在老虎画过记号或者有老虎抓痕的这些明显被老虎圈成自己领地的地方，如果这是一只成年公虎，那就更需要注意了。只是当时我们并不知道这一点……

我们在一棵长得歪歪斜斜的白桦树距地面两米高的树皮上看到了老虎的抓痕，附近有一条小溪，有一块很适合搭帐篷的林间空地，当时我们决定留在这里过夜。

我们在这里安顿下来，在地上支起了篝火，搭了一个又结实又坚固的帐篷，还准备了足够的干树枝备用，用羊齿草铺了厚厚的“羽毛”褥子，把枫树和榛树的树枝搭在篷顶上，以防下雨漏水。一切都准备好了。吃了晚饭，铺好了睡袋，围坐在篝火旁，在沿着汪清河河谷走了很长时间以后，我们都希望可以休息一下，但就在这时，突然响起了老虎的咆哮声。

起初咆哮声从远处传来，然后声音越来越近——它是循着我们的脚印跑过来的。咆哮声已经近在咫尺了。我们没有忍住，开始大声喊叫，敲打东西，把干树枝丢进篝火里，但是老虎的咆哮声变得更加震耳欲聋了，甚至带着极大的愤怒，离我们越来越近了。

没办法，我们四个人只能急匆匆地爬到树上。我们刚爬到树上，老虎就蹿了过来，它不停地咆哮着，直奔篝火而去！它走近篝火，用爪子在附近胡乱地扒拉着所有的东西！

老虎站在篝火旁，篝火上架着的一口小锅里装满了热水，它一下子把小锅打飞了，热水四溅，被溅到的石头发出嘶嘶的声音。但老虎这样还不解气，它又用爪子使劲地击打着小锅，把它踩成了铁片，还咬掉了一半。它继续咆哮着掀倒了帐篷顶，把帐篷里的衣服和背包扔得到处都是，然后踩在睡袋上，开始撒尿……它把所有东西都尿湿了！

总之，老虎就是这样吓唬我们的，以一种挑衅的方式告诉我们它对人和火的极大蔑视。我们一晚上只能惶恐不安地待在树上，像老实的燕雀一样，直到太阳升起。我们一共四个人呢！没有人敢发出声音，好像我们对老虎犯了弥天大错一样。老虎的这种极端蔑视态度深深地刻在我们的记忆中，正如每个人都承认的那样：泰加林里的所有物种都有着自己的规则，没有什么是多余的，不能违反任何规则。就是这样。

随机应变

我自己也不明白是什么让我的内心充满了惊恐。要知道我在回头去看发出沙沙声的地方时，看到了一只老虎，当时它正转身离开。这也不是我第一次看到老虎了，可你看，我还是被吓坏了。而这种惊恐既有侥幸又有冒险的成分，哎，你就是抓不到我，我就是能逃掉。我再重复一遍，我身后没有谁在追我，也没有谁要攻击我，我只是向发出沙沙声的地方回头看了一眼，看到了一只正要离去的老虎。我就知道，一定不能跑！

一下，两下，我已经在树上了。或者说，我不是在树上，而是在一棵很高的白桦树的树干上，一棵老雪松倒下时被砸折了的白桦树。白桦树的树干光秃秃的，在大约 4 米高的位置被砸折了。我又向上猛蹿了两下，已经爬上最高处了。我不仅爬上去了，还在折断处站住了，那里有很锋利的断木尖，不仅站得住，还站得很稳，尽管脚掌能感觉到那些断掉的木尖，我还是尽量找到相对平稳的不太锋利的地方站好。好在皮靴底非常结实，不会被白桦树锋利的断木尖刺穿。

我站在这些断木尖上，大声地唱起了歌："我再次站在海边，要随船继续航行。"我告诉你，当时我又恐惧、又快乐、又调皮。

老虎甚至都停了下来。它站在那里，惊讶地晃了晃头……转身离开了。老虎从我的视线中消失了之后，我突然感觉很难受，双腿发软，浑身哆嗦着。我不敢从树上爬下去了！

就在那一刻，我感受到了掌握平衡有多重要。我小时候能轻松地行走在尖尖的栅栏尖上，甚至有几次在绳索上走路我也成功了。我当时想到了微微下蹲，用双手抓住断木尖。但我还是感到头晕恶心。我觉得自己要掉下去了。我费了好大的劲爬了下来。老虎是离开了，还是躲藏在了附近，我都已经顾不上了。

从那以后我就开始恐高。

这件事是怎么发生的呢？老虎为什么会离我那么近呢？原来是我把它招来的。我走在泰加林里，决定休息一下。我舒服地坐在一棵倒下的雪松树树干上。谁坐在这么大的一棵树上，都会产生一种特殊的感觉。你会感到树根仿佛紧紧地抓住了天空，树冠朝下，钻到了地底下，好像整个世界都随着这个庞然大物而轰然倒下，时间在倒退，现在的一切都要重新开始：春天到了，树木抽芽，迎着太阳，迎着春风，吐露着春的气息，日渐茁壮。这需要漫长的500年啊！漫长的时光！仅仅是一棵树就需要这么长的时间！永恒之树！当你坐在这么大的一棵树上时，头脑中就会冒出许多有趣的想法。

这时飞过来一只星鸦 。有什么寓意吗？是的，一定是有寓意的。这棵雪松树死了，还会长出新的雪松树。这只星鸦发现了我，大声叫着，声音大得整个泰加林都能听得到——倒下的枯树上长出了一个奇怪的木瘤——实际上是我一动不动地坐在那里。它嘎嘎地叫了一阵，我就那么坐着。它在树枝上跳来跳去，飞来飞去，我还是一动不动地坐着。它开始发出各种奇怪的声音，好像是在和我聊天。我还是一动不动地坐着，这时我开始吹口哨，还扯着嗓子唱了几句“啊——啊——啊”。一切就是从这时开始的！它开始和我玩耍起来，附和着我唱起歌来！这样的事情时有发生！我就是这种自作聪明的人！

我当时非常开心，唱得甚至有些累了。嗓子有点肿了，我微微地活动了一下。这个动作好像惊扰到了星鸦，它向上一跃，拍了拍翅膀，飞走了，但还在我的视线之内。音乐会到此结束了。就在这时身后传来了沙沙声！泰加林的主人到了！原来它一直在认真听着我们的动静！

但星鸦为什么没有发现呢？难道它全神贯注于和我玩耍，以至于除了我什么都没发现吗？又或者它只是纯粹已经厌烦了老虎吗？这就是我随机应变的故事。

老虎“坦克”

“伙计们，你们怎么了？怎么像霜打的茄子似的？”我打完招呼之后，立即问松子采摘队的队长。这几个松子采摘工在篝火旁紧紧围坐成一个圈，所有人都是一个动作，他们把手伸向了火苗，尽管今天风平浪静，还挺暖和，可他们身上都穿得很厚。

没人吱声。

“你们用原木把松塔撞飞了吗？”我继续问。我想起滨海边疆区所有人都知道的发生在松子采摘队队长身上的一件事。当时男人们开始快速地用原木撞击雪松树，他们摇晃着树干上没有掉下来的松塔，因为有点喝多了，没用好力气，树上的松塔没有掉到树下，而是飞到了旁边。由于惯性，这些松塔穿过多刺的刺五加和刺老芽草丛，沿着斜坡飞了出去。不知道为什么他们始终没丢下那根原木，一直走到小路上才停下来，每个人的身上都有很多擦痕，衣服也都破破烂烂的，找到他们的时候，他们正坐在那根惹祸的原木上。一家报社的记者想借这件可笑的事挣点外快去度假，就把这件事登在报纸上，弄得人尽皆知了。

没有人搭腔。

我觉得他们沉默不语一定事出有因。一定是出了什么事。否则的话，他们所有人身上为什么有很多瘀青和新擦伤？看起来并不像是喝多了。

“伙计们，我能用你们的篝火煮茶吗？因为我的火柴报废了，点不着，在家的时候我瞅都没瞅就把它放进背包里了，现在却怎么都点不着！”我尽可能真诚地表达自己的绝望，实际上我的背包里还有一盒备用的好火柴。

“当然可以，别客气，过来和我们一起坐吧，我们马上要一起吃午饭了。”一个头发斑白、蓄着大胡子、脸上有擦伤的人抬头对我说。

“请坐，请坐。”突然缓过神的松子采摘工们七嘴八舌地对我说道。他们忙碌起来，把从家里带来的吃的摆放在“泰加林餐桌”上——一块防雨布上。篝火上方吊着一个非常大的茶壶，就像是被呵痒一样，发出咯咯的声音，听上去好像是受不了痒痒开心地“笑”着。火烧得很旺，火苗使劲地给圆茶壶底呵痒，茶壶按捺不住地“笑”着，先是微微颤抖，后来突然沸腾得“开怀大笑”了起来。

哎呀！周围的一切可真美好啊！这都是泰加林的馈赠啊！10月的太阳低矮地垂在空中，并不像炎夏里那么艳丽，但依然照亮了森林里的一切：雪松的树皮覆上了一层红棕色和古铜色，橡树的树干闪现出大马士革钢[1]一样的花纹，落叶上金光闪闪，红色的枫叶发

---

1 原产地是古印度，现代泛指表面具有花纹的钢材。大马士革钢在铸造成刀剑时表面会有一种特殊的花纹——穆罕默德纹。因为花纹能够使刀刃在微观上形成锯齿，使得刀剑更加锋利。——译者注

出红宝石般的光泽。森林里的一切都是非常干燥的，却亮闪闪的！

哪里还能有这样令人陶醉的气息呢？很久以前闻到这种秋天醉人的甜涩味道的人经过反复实验发现了食物调味香料，还有女人们喜欢的香水。

“你要和我们一起吃饭吗？你怎么，午饭就这么简单吗？喝茶吗？那你自己决定吧！”

“哎呀，谢天谢地，大家都还活着！”大胡子举起带把的杯子。一番杂乱的碰杯后，松子采摘工们激动地喊道：“活着！我们都还活着！”然后大家沉默了一分钟，只能听见勺子碰撞在一起的叮当声以及男人们嘴里发出的咀嚼声。突然又有人提议：“为我们干杯！”杯子碰到了一起，紧张的气氛消失了，又开始笑声一片。

“你可怎么办啊？别特鲁哈，你脑袋上都是擦伤，回家怎么和娜斯佳解释呢？你难道会说，嗯，我采松子去了？”

“哈哈哈！”大家哄堂大笑起来，和谐的笑声让火势更旺了。

“不，他一定会说，他遇到了热情的母虎。”

“呵呵呵！”篝火熄灭的灰烬里突然冒出一股灰蓝色的呛人的烟，摇曳着向上飞扬，仿佛在蹁跹起舞。

“他才不会这么说呢，他一定会老实地承认，他以前不知道泰加林里有奔放的挤奶女工。”

“嘿嘿嘿！”再次沸腾的茶壶微微晃动着，和所有人一起发出喧嚷声。

他们开心地大笑了一会儿，又沉默了，然后叹了口气，又开始默默地注视着火光。

“到底发生什么事了？”我忍不住问道。

没有人回答我。

“那好吧。谢谢你们的茶水和篝火。我要走了，再过一个小时天就亮了，我还要在雪松林里赶路呢。瞧，我有5个袋子，我要采满这些袋子呢。我还要去猎人的小木屋里过夜，到那里还得走一公里呢。”

“等一下！”大胡子声音低沉地说，“怎么称呼你，维克多吗？嗯，我叫鲍里斯。这个是萨绍克，这个是别特鲁哈，这个是萨什卡，这个是瓦西里，这个是安德烈，这个是帕什卡。我们一共7个人。我们几个都是亲戚，都是索科里恰村的。你从哪儿来啊？哦，也是本地人啊。你，这个……总之，你哪儿也不要去。附近有一只老虎。很大的一只。你看，我们7个人都被老虎伤到了！怎么伤的？还能怎么伤，结果你不是看到了吗？它还把我们的车踩坏了。你去看看吧，就在那边。”

我向汽车走去，绕着汽车走了一圈，看到这是一辆还算新的GAZ-66[1]越野卡车，车身上有一些明显的新凹痕，左侧车窗玻璃碎了。看起来很糟糕！

“看到了吧？就是这样。好在没人丧命，否则会更遭殃了。”

鲍里斯看到我一脸不解，就对所发生的事情向我做了详细且

---

1 苏联“高尔基”汽车制造厂生产的汽车（中国人称之为“嘎斯”）。——译者注

生动的描述。

“我们正开车行驶着。眼睛最大的别特鲁哈突然喊道‘老虎！’我们定睛一看，真的是老虎！一只特别好看的老虎站在那里。萨什卡正开着车。他听到大家的大声喊叫，猛然回了一下头，而卡车一下子就向左侧滑了！车头陷在了路边，后车轮翘了起来，开始空转。刚下过雨，地面上很泥泞，车就斜停在路边。所有人都看着老虎。车刚停下来，老虎就向我们扑了过来！我们所有人都坐在右侧，紧挨着车门的位置……

“这只老虎像坦克一样向我们直扑过来，速度越来越快！一开始它摇摇晃晃的，后来它瞄准了方向就开始飞奔起来！离我们只剩下 10 米！ 5 米！我们吓坏了！我们还没明白到底发生了什么事。好在我们都是猎人。眨眼之间，我们就从车的右侧蹿到了左侧，而车身更歪了！不仅如此，我们还撞到了碎玻璃上，我们带的很多螺母、螺栓和零配件这类的东西都从座位下面散落出来，砸在了我们身上……

“正当我们挣扎着从这堆破铜烂铁和衣服堆里往外爬时，正当我们拼命想要离开这辆车时，老虎咆哮了一声，转身离开了。太好了！就如莱蒙托夫在《博罗季诺》（1837）中写道：‘战场上马匹嘶鸣，战士们拼死殊斗，几千门大炮一齐轰鸣……汇成了一声虎啸。’我们用千斤顶抬起卡车车身，把绳子拧在一起系在车头下，合力把车从路边拽了出来。车是这样弄回来的！所以啊，请原谅，我们是从‘坦克’之下逃出来的。”

永远不要在泰加林里乱跑!

“永远不要在泰加林里乱跑！”与我交谈的人突然说了这句话以后就沉默下来，他若有所思地用一根有弹性的柳树枝把小块煤扒拉到火堆中间。他从上面小心翼翼地把柳树枝丢进火堆，被刺鼻的烟熏得眯了眯眼睛，用嘴吹了吹噼啪作响的火堆，终于觉得满意了，身体向后躲闪了一下往上蹿的火苗，然后把手时不时伸向火苗。他伸出去，又缩回来，仿佛在犹豫着要不要摸一位身材热辣的美女的细腰。他的动作不慌不忙的，好像在仔细倾听自己的心声，接下来他继续说道：

“在我年纪不大的时候，我在养蜂场帮人摇蜂蜜[1]。这时蜂蜡用没了，他们派我去附近的一个养蜂场借蜂蜡。他们说如果我开拖拉机去，天黑之前就能回来。一个小男孩怎么能开着拖拉机在泰加林里穿行呢？这多危险啊！可我却感到特别幸运！况且啊，那个养蜂场场主有一个女儿，叫加丽娅，特别漂亮。她那辫子、眉毛，还有眼睛，别提有多漂亮了！哎，让我终生难忘啊！有一次，我手里

1 采蜂蜜的流程，即用割蜜刀割掉蜜盖，把蜜脾放进摇蜜桶，利用离心力把蜂蜜筛出来，摇蜜桶在使用之前要用热熔蜂蜡把它厚厚地包裹起来。——译者注

拿着满是蜂蜜的蜜脾摔倒在摇蜜桶旁，就是因为看她看得出神了。她笑了，笑声响亮且清脆，就像阳光下的百灵鸟。我心中的女神啊！直到现在……

“我一路沿着车辙开着拖拉机，车轮突然被卡住了，我也没料到，可能是因为我没及时换挡。我想加速通过水洼，可拖拉机熄火了。重新发动，却发动不起来。原来是发动机里没油了。走到那里还有1公里的路，回来还要走3公里。步行最多也就是40分钟，可是天已经有些黑了。我想我要是跑的话应该能来得及。于是我就开始跑。突然响亮的声音传来，我跑的时候没弄明白是动物在大声喊，还是拖拉机在响。我停了下来，环顾四周，还是不确定是什么声音，于是我继续跑。就在这时，声音越来越响，越来越近，突然草地上出现了一只老虎，它的脸就像巴布亚新几内亚人戴的面具一样……

“这只漂亮的老虎看上去很狂躁，前爪亢奋地拍打着地面，腿部微微抖动，时而用爪子刨地面，时而弓起腰，时而收紧腰的下部……

“我记得我当时真的很想跑开。但是好在因为害怕，我的双膝发软，根本就不能跑，只能向后退。吓死我了！永远不要在泰加林里乱跑！”

平衡

乌苏里泰加林里风声不断，树木沙沙作响。寒冷的冬天即将到来，来自北极的冷风越来越肆无忌惮地在小山岗间穿梭，掠走了小山谷最深处的热气。再过一两个星期，寒冷将渗入泰加林深厚的叶子，冰冻大地。

风总能引人无限遐想。没有风的时候，思绪只会和周围的事物相关。而起风的时候，你就会不由自主地想到西伯利亚，想到风从北极出发，穿过西伯利亚大草原来到泰加林。如果刮的是南风，你就会想到越南、印度尼西亚和澳大利亚。

我沿着猎人的小路走着，想着关于风的诗句。

风期盼所有玫瑰花尽快绽放，
它渴望收获幸福的喜悦，
渴望传递花的芬芳，
渴望传递远方的星座和
刚刚诞生的星辰，
让它们更加闪亮，
让它们知道玫瑰的芬芳……

我看到一棵棵在摇曳着的大树，它们好像并不去阻挡风的肆虐，相反还在为风推波助澜。我看着陡峭的山坡，心里思忖着：风如同大的叶轮叶片一样使劲地吹打着它们，仿佛是风吹动了地球的转动。难怪赤道附近都是高山。如果风再用些力，能把地球旋转得更快，地球就会在宇宙的空间里长时间地旋转起来，直到下一场风吹来控制住它的旋转。

这有什么奇怪的吗？我在山顶亲眼见过被风吹得东倒西歪的三角测量架。气流对钢制三脚架使出了多大的力气啊！它不仅变弯了，甚至卷曲成一团！它的样子就好像是一个健壮的男人拎着大锤把它砸烂，气急败坏地夺走了它的内芯一样。

也就是说，风的力度可以与大锤相比拟。如果大锤击打的不是金属块，而是几公里长的山坡呢？如果大锤的大小和一座山相同呢？实际上，难道不是风在吹着地球转动吗？

等一等！这是刮西风的情况。如果刮的是东风呢？那么地球转动速度会减慢的。试问，我们这个星球上刮的主要是什么风呢？如果是北风或者南风，那么，两极会改变位置吗？

小路尽头是一条湍急的小溪，一棵巨大的白杨树横在溪水里，它是不久前倒的，顺着小路的方向倒下了。这条小路要借助一些突出的石头连接着小溪的对岸。小溪的这一侧是倒下的白杨树纵横交错的树根，对岸则是它的树冠。

见鬼！我又忘记带斧头了，这已经是第二次了。应当砍掉一些树根和树枝，这样更便于在树干上行走。而我现在只能在树根缠绕的藤条之间钻来钻去。

我挺直了身体，仰着头，举起手，侧着身，一只脚踩在树干上。树枝晃了晃，而树干的另一端突然跳出了……一只老虎！

它看到了我，滑了一跤，用爪子在树皮上乱抓了一阵，在保持平衡的同时尝试着转身。但是树枝迎面卡住了老虎，使它一动也不能动。此时的我手里抓着一根细树根，单腿站立保持着平衡。我哆哆嗦嗦地想要向后退，可是我的背包却卡在了树杈里，一杆双筒猎枪横挂在我的胸前……

我不知道我和老虎之间的对峙持续了多长时间，似乎持续了很久。老虎先摆脱了困境。它低下头，钻到树枝下，朝我的方向晃了晃头，然后从树上跳下去，消失在树丛中。

我好不容易从树干上走了下来，如释重负般站在小路上打算往回走，但我很快意识到我不应该往回走，于是我绕了一个大圈，再次向猎人的小木屋走去。

走着走着，我再次陷入了失去平衡的绝望境地，我的眼前又出现了那只在不断找平衡的老虎，它的爪子在树皮上乱抓，弓着背，尾巴来回甩动，树枝也跟着摇摇晃晃，发出咔嚓咔嚓的声音。

我一边走一边想，老虎是尊重人的。要知道它发现我很怕它，知道我想跑开，但它还是转身离开了，给我让出了路。这就是人与自然之间平衡的明显模式。

爬树高手

如果有人对你说，成年老虎不会爬树，你千万不要信。它不是不会爬树，它甚至是一个爬树高手呢！只不过一般情况下老虎的猎物不会上树，它也就没有上树的必要了。有时为了追赶黑熊，老虎也会爬到树上。要么是因为老虎无法忍受黑熊与它争抢猎物，要么是因为黑熊身上有股腥味，要么是因为老虎打远处看到又肥又厚的庞然大物，以为是野猪。老虎喜欢欺负年幼的黑熊，而成年的黑熊常在冬天的时候被老虎逼出洞穴，因为它会把树咬断来收拾黑熊，黑熊就只能从树洞里出来了。还有一种情况，就是为了追人而上树。在我身上就发生了这样的事。

我一直想在泰加林里看到老虎，我终于如愿了。我们在小路上相遇了，它迎面朝我走来。我站在那里，紧张地大口喘气——太意外了……

它真好看啊！瞧瞧它的眼睛！动物园里的老虎可没有这样的眼睛！它看了我一眼，就像一束冰冷的光线穿过我透明的身体。我的全身在颤抖，腿软得就像皮冻一样，我的第一反应直接暴露了我内心的所有感觉。

它就那样安安静静地横趴在小路上，它的样子在告诉我，它是不会放过我的。

哦，一阵莫名的恐惧感向我的膝盖袭来！我的双腿剧烈地抖动着，我一小步、一小步地向后移动，以特别小的步幅一点点后退，后退，后退。哦，我多么想跑起来、飞起来、爬起来啊，多么想消失、融解、蒸发、钻进土里！

我的背撞在了一棵树上……嗖的一下，我的两只手紧紧攀住了高处的树枝。再嗖的一下，我颤巍巍的两只脚蹬到了树干上。又一下，我爬到了更高处。

“嗷呜！”一阵短暂的咆哮过后，老虎已经在树下了！

天呐！它已经往树上爬了！！！

老虎坚硬的利爪很轻松地刺入了核桃楸的树皮，它连续地向上跳，张开的虎嘴距离我脚上穿的运动鞋已越来越近，简直要挨在一起了。

啊！恐惧感已经驱使我爬到了最顶端的树枝上，我已经无处可爬了！

头顶上是湛蓝的天空，坚定而牢固，只要我把手掌穿过树叶，就可以摸到一缕缕的阳光，就可以沿着光束爬得越来越高，就可以远离斑斓大虎带给我的恐惧。

我的眼中满是惊恐，身后不时传来老虎爪子挠树皮的吱吱声和细树枝的断裂声，树冠晃动得越来越厉害……

“啊——啊——啊！”

“啪嗒——啪嗒——噼啪——咔嚓！”

茂密的树冠最终没禁得住两百多公斤的重负，树枝断了，老虎摔了下去！！！

老虎从树上掉下去的时候就像一只家养的猫，灵活地四脚着地。它短促地咆哮了一声，一瘸一拐地离我而去……

而我，并没有在树顶待很长时间。感觉老虎走远了，我平复了一下心情，就悄悄地从树上下来了。

是的，真是奇迹！原来老虎也会爬树！但是它没得逞！眼瞅着老虎就要够到我了！这才是真正的爬树高手！

狗的工作

清晨。小铁皮炉子里的火星闪烁了一下，暗淡下去，又突然亮了起来。火星连成了火苗，很快就熊熊燃烧了起来。炉子的小门被关上的时候发出了刺耳的嘎吱声。我们从小木屋里走了出来。铁皮烟囱里冒出了细细的灰白色烟，它慢悠悠地摇晃着，然后打起了转，攒足了劲，越来越浓，越来越粗，越来越黑，向上攀升着，仿佛是燃烧的翅膀，加快了速度，用力摇摆着，最后彻底地离开了地面，奔向自由，奔向辽阔的天空……

“我感觉自己就是这道烟，既带不来温暖，也带不来光亮。”科研人员看着远处拉佐夫自然保护区护林队屋顶上那在阳光里袅袅升起的炊烟时，抱怨地说道，“大自然，老虎，包括那些猎狗——都是火，而我们这些人——则是由火升起的烟。”

“不明白吗？现在我就给你们讲讲。”

他在刚结冰的溪水里迅速地洗了把脸后，我们就进了一个林间的小房子。他把水桶的水往茶壶里倒了一些，往里面添了一些桦树茸，借着掉出来的煤炭火星点燃了一根烟。

“你知道我们现在在做什么吗？没错，在统计老虎的数量。也就是说，我们在整个自然保护区的范围内寻找老虎的踪迹。我们要找到老虎的脚印并进行测算，就能大致说出这是年轻的公虎还是母虎。这些信息能为科学带来什么价值呢？总的来说，没什么价值。除了能确定该地区老虎的数量，就没什么意义了……谁能保证这些脚印不是来这里的其他动物留下的呢？谁也保证不了。所以啊，我们在泰加林里像狗一样，到处搜集老虎的粪便，把它装进试管中，然后再把它拿给住得暖、吃得饱的狗那里去做鉴定，狗可是我们敬重的专家呢。只有狗鼻子能够准确地从不同动物的排泄物中区分这是不是老虎的粪便。狗对我们帮助很大。经过严格训练的狗可以准确地找出哪里有相同的气味。

“但是，人类可远远不如动物！可差远了！难怪寓言故事中写道，人类创造了语言，是因为人类没有语言已不能相互理解。动物之所以不会说话，是因为它们彼此不需要语言就能沟通，可人类做不到！

“顺便说一下……人们的日常生活中也有这些例子。缅希科夫大元帅[1]在7岁之前不会说话，他和狗住在一起，可他后来成了一位大人物！我身边还有一个例子，我的侄子5岁了，还不会说话，他的父母带他去看了一位著名的女医生。那位女医生戴着金首饰，是一个保养得很好，看上去有些骄纵的美女，她检查了很长时间，摸了摸他的喉咙，看了看他的嘴，然后有些不好意思，但很肯定地对孩子的父母说：‘很抱歉，但我认为，你们的孩子是个傻子。’‘你

---

1 亚历山大·丹尼洛维奇·缅希科夫（1673—1729），俄罗斯帝国陆军元帅。——译者注

才是傻子呢！’小男孩突然口齿清晰地说出了这几个字，然后跑出了诊室。女医生被气哭了，孩子的父母安慰了她很长时间并向她道了歉。但那位女医生怎么都不相信这句话竟然是刚开口说话的小男孩说出的。后来在家里，父母问儿子为什么这么久都不说话。‘和你们有什么可说的呢？我什么都明白。’他这样回答道。

“母虎教小虎崽猎食的时候会让它们藏在某个地方等着，一直等到母虎绕一大圈，追上野猪并把它们赶到小虎崽面前来。

“小虎崽按照母虎的吩咐在雪地里耐心地等上几个小时。而母虎是怎么叮嘱它们的呢？没有任何声音是怎么解释的呢？

“要是能问问那些狗就好了，它们不仅相互理解，也非常了解老虎，同样也非常理解我们人类。

“我们人类并不理解它们，但它们却理解我们！所以我们之间，到底谁是烟，谁又是火呢？一目了然。

“不对吗？难道不是这样吗？我们还要利用狗的嗅觉很多年，除非我们发明了电子狗鼻子，或者电子感应器。但即使我们创造出来了，它们也未必能取代狗鼻子！”

生日

（致护林人切列帕诺夫）

“哎，想好去哪儿了吗？今天可是你的生日啊！哪怕就这一天休息一下呢！”

“哎呀，我怎么忘了呢，天啊！今天是12月27日。真见鬼，忙得晕头转向的。那好吧，我不会耽搁太久，我想我在午饭前能赶回来……”

“我可真糊涂啊，我工作得太投入了，竟然忘记了自己的生日？！”一路上我都在想，“可是又能怎么办呢？既然答应了，就必须要做到。”我自言自语地嘟囔着。“再说任务也不算多，给100棵要砍伐的树木做好标记，我应该能在午饭前完成。必须要完成……”

在森林里总是感到很惬意！我在泰加林里工作很多年了，但一直以来总会因为各种小事而兴奋不已——湛蓝的天空下，白桦树红褐色的树枝温柔地摇曳着，吸引着我爬到一块岩石上，用双手拍击面颊，感受阳光的沐浴，沉浸在上天的恩赐之中。或者是下雪的时候——昨天下雪了，野兽在雪地上留下了各种印迹，每个生命都以自己的方式记录着自己短暂的存在以及肆意不羁的生活……

等一下！我的后背被枪筒抵住了。哦，天啊！这可真没想到啊！难道是我闯入了谁的地盘，以至于抵着我的后背来警告我吗？

我不由得一阵胡思乱想，慌乱地回忆着各种事情，试图想给这个唯一的问题找到答案："我得罪过谁了？"我没得罪过任何人啊！！！我从没与任何人吵过架，即使在聚餐喝醉了的时候，也没与任何人争论过。我没有任何对立面！绝对没有！在临死前我得回头看看是谁开枪打死我的吧……我突然一转身……一个人都没有啊！可是就在离我20米远的地方，有一只正准备扑过来的大老虎！我的妈呀！

老虎好像注意到了我在看它，它伸直了前爪，挺直了胸部，慢慢向后坐了下来，不解地眨了眨眼，然后把大脑袋转向了一边。但只要我稍有动静，它就立刻弓起背，龇着牙，死死地盯住我，仿佛要把它那对凶巴巴的琥珀色的大眼珠子塞进我的身体里……

比雪还要白的东西……比白色还要白的东西是什么……我总是思考一些人们常说的超乎寻常的、非现实的、完全是想象出来的东西。实际上，真的有比雪还要白的，这种白色就是老虎的胸脯。瞧，这是一种比雪还要白的颜色，虽然现在周围都是白茫茫的颜色，格外刺眼，却依然可以清晰地看到老虎胸部的毛发比周围的白雪还要白。这种白色和阳光下的雪一样，没有一丝浅蓝、黄色和粉红色，却散发出那种最纯净的野性的洁白之美……

上帝啊！我多么希望有人能从这条路上经过啊！站在小山岗上可以清楚地看到这条小路，我在这条小路上想躲开老虎死死盯着我的那对琥珀色的大眼珠子，但无论我喊还是不喊，都无济于事！

老虎已做好了跳起的准备，并发出威胁性的吼叫声，只要我动一下，后果将不堪设想。

我不是在做梦吧？远处传来了汽车引擎的声音。有人正开车朝这个方向过来！难道上帝真的听到了我的祈祷吗？！树林里出现了一辆卡车，可以清楚地看到车身周围一团团的白气。卡车在我对面停了下来，驾驶室里跳下来一个司机，他抬起了前机盖子，一股热气向上升起。是散热器里的水烧开了吗？那个人打开了发动机罩，在一片热气中，他往散热器里加满了水……

“哎！救命啊！哎！我在这里！”我的声音被老虎的吼叫声淹没，那个人站在发动的引擎旁边什么也没听见！他关上了前机盖子，坐到方向盘后面，关上了车门……开车走了！

我的眼前因巨大的失望而一片黑暗，喉咙一阵发紧，拳头紧紧地攥着……突然，我感觉到了手里握着的枪带！

该死的！我有枪啊！我怎么就忘了呢？我刚才被吓得大脑一片空白啦！我真该死！在老虎面前站了半天，我竟没想起来肩上背着公家的枪呢！这是一杆双筒猎枪，是国家为每一位护林员配发的保驾护航的工具！

来吧！这下看你往哪儿跑！我强忍着心里的怒火，沉着冷静地取出装着霰弹的弹药筒，换上子弹和大砂弹。愤怒支配着我双手的每个动作。应该先冲着老虎的左眼上方来一枪，击中它的脑部，然后再向右一点点，瞄准那棵小雪松树，老虎就躲在树后，这样可以射到老虎的粉红色鼻尖，因为左边的枪筒射击的时候有点向左偏……

“砰！”老虎四爪朝天地躺下了，四条腿乱蹬了一阵子，然后蜷缩起来，弓起了身体，发狂似的站了起来。我竟然没射中它？20 米的距离竟然没射中？不可能！小雪松树上有一个弹眼。我的手不自觉地放下了双筒猎枪……

“砰！”双筒猎枪的右枪筒突然从我的大腿处射出了一发子弹，正中它的大腿。老虎就像喝醉了一样，晃晃悠悠地走着，身体歪歪扭扭地钻进了茂密的树丛……

“老婆，原谅我吧，我要累死了。你去一趟邻居家和他们道个歉，就说晚上的聚会改到明天了。”

我费劲地脱下了鞋，坐在桌旁，倒了满满一大杯白酒……我已经不知道自己喝的是什么了。我就像喝水一样喝光了这一大杯白酒。我又倒满了第二杯……又一口喝光！呸！我的手脚到现在还在发抖。我脱掉了衣服，蒙头盖上了被，蜷缩成了一团……我的眼前无数次地闪现出那只老虎向上跳跃时的样子……

“罗马，你生病了吗？”

“啊，你说什么？”

“你感觉怎么样？”

“没事。怎么了？”

“你整晚一直在说梦话，一直在骂人，还发抖。”

“没事，我挺好的。我要出去一两个小时，去把昨天没来得及做完的事完成……”

我按照自己昨天的脚印，在雪地上走起来很轻松：每个脚印都被冻得特别结实，只需要踩进昨天的脚印就行。即使没踩准，踩偏了，脚也会踩出一个个硬实的雪洞。试问，究竟是什么力量才能把这些受压的水晶体黏合得如此坚固呢？

就是这个地方，就是这棵小雪松树。子弹像骨头一样斜着射进了又冻又硬的树干里，一块树皮甚至掉了下去。雪地上既没有一丝毛发，也没有一滴血迹。

第二发子弹射到哪里去了呢？我仔细地环顾四周，但是没有迹象表明大砂弹射中了野兽，绝对没有。只是高处垂着几节被射断的树枝，在比老虎的背部高得多的位置，它厚实的背部不合时宜地动了一下，就躲过了我的子弹！

我沿着老虎的脚印向前走。看得出来，老虎一开始不确信自己是否被打中，它只是被枪声震聋了耳朵，然后它的脚印变得越来越平稳。在这个地方它站住了，回头看了看，又走了几步，然后躺下了。躺了一会儿，又在雪地里打了打滚，可以清晰地看到它的尾巴扫出的痕迹以及它爪子上的肉垫留在雪地上的深深的凹痕。老虎当时一定是把头埋进了雪里，想要去除身上的火药味，缓解因枪声而造成的耳鸣……

我回到家以后，昨天发生的事仿佛电影一样一次又一次地浮现在我的脑海中。是的，是命运女神让我活了下来。我甚至不敢去想，如果我射伤了老虎会有怎样的后果。那么，不是昨天，而是今天，在我沿着它的脚印走到那里的时候，会发生什么呢？显然，我需要活着，这个时节还需要我。祝我自己生日快乐！

俄罗斯式的争论

（根据塔拉波利娜的讲述整理）

“毋庸置疑，进口车都比国产车好，在所有方面，除了……安全性差。”

“不，不，您说的不对，您不要反驳我，我能给您举出实例证明。”

“您先听我说说……”

“不，不，您这个人怎么这样呢？”

“什么人啊？根本就不让别人讲话！”

“怎么，什么证据都不能接受吗？”

“如果这是发生在泰加林里的真事呢？”

“那有什么区别？”

“那如果这是老虎提供的证据呢？”

“啊！这倒是真有意思！”

“那您就听我给您好好讲讲吧，这是我的熟人亲身经历的一件事。”

我的一位熟人买了一辆国产拉达车的时候，大家都觉得难以理解。有人说：“真是怪人，用这些钱都可以买到一辆很好的丰田车了，开上四五年，都不用操心，在舒适度和安全方面根本不用担心。”还有人说：“再过两年，你这辆拉达车里就剩不了什么原装零件了，整个车都得维修。”

可是两年过去了，这辆“拉达”还能一直毫无障碍地行驶，这一点倒是令人觉得惊奇和佩服，可是谁也没在意，车主非常注重这辆车的维修和保养。不管怎么说，看着这辆车简朴的外观和人造革材质的内饰，人们只会大度地笑笑。

8月的一天，我的这位熟人开车带全家人去河边游泳。就在附近，离村子不远。当他们正在游泳嬉戏的时候，突然出现了一只老虎！老虎一开始只是从对岸的草丛里探出了头，之后它就果断地下了水……它蹚过了河水之后，就径直地朝汽车走去。我的朋友一家人瞬间反应过来，慌忙钻进了车里……却忘记把孩子们带到车里！而老虎离得越来越近了！父母鼓起勇气把孩子们从河里拉了出来塞到了车里，关上车门的那一刻，老虎已经近在咫尺了！

当然了，老虎这时候特别不高兴，它开始吼叫起来，绕着拉达车转来转去。后来，它闻到了车轮上狗的气味之后，开始对车轮产生了兴趣。这气味很可能是那几条纠缠车主家母狗的公狗留下的。

老虎出人意料地决定帮忙赶走车主特别厌烦的那些公狗，于是它在四个车轮子上都撒上了尿，以此标明拉达车停车的位置直到村子中心都是它的领地……然后它跳上了前机盖子，爬上了车顶……

后来男人们还为此专门做了实验，比较了国产车和进口车的车顶所能承受的重量。他们激烈地争论着，经常吵得面红耳赤。而这时从哈巴罗夫斯克边疆区那里传来一则“火上浇油”的消息，说是一只老虎跳到了“马自达 2”型汽车的车顶，把车顶压塌了，有两名乘客受了重伤——一名乘客锁骨折断了，另一名乘客脖子脱臼了。

男人们由此得出结论：国产车“拉达”“莫斯科人”“伏尔加”的车顶要比进口车“丰田”“马自达”“欧宝”“奔驰”的车顶结实得多。

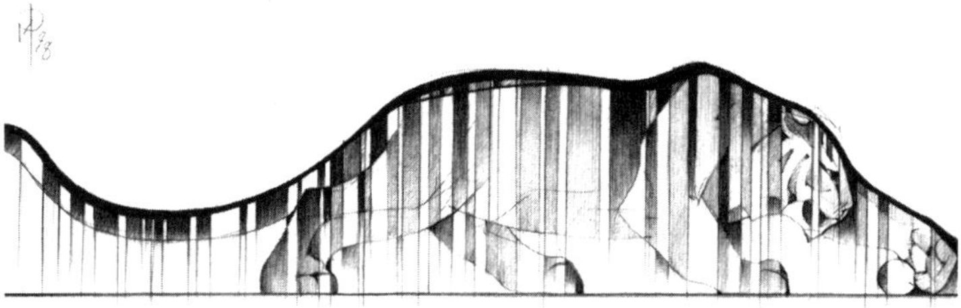

拍摄老虎

（致梅津采夫）

“我年轻的时候，什么都不怕。要是现在的话，我说什么都不会去冒险的……”

循着老虎的脚印走其实是一件特别有意思的事！危险会激发人的情感，一切都是新鲜和刺激的。当然目标也是重要的因素，我们伟大的计划，就是在老虎的地盘上——在原始泰加林里拍摄野生老虎。很少有人能做到这一点。自从有了照相机，人们也只有几次近距离拍到老虎照片的机会。其他的照片或者是自动抓拍的（被放置在老虎出没的小路上的带有专业传感器的自动照相机），或者是借助高高的木板台、汽车和可靠的掩体拍到的。在泰加林里，手里拿着照相机走近老虎并给它拍一个好的镜头，需要野生动物摄影师的最高技巧……

2 月的天空蔚蓝蔚蓝的，让人觉得浓密的蓝色沿着山坡逐渐爬升，爬到山顶，就变成了紫色。

啊！多么蔚蓝的天空！
我永远无法企及的蔚蓝啊！
我多想测量你的深度，
我多想领悟天空的纯粹！

我刚爬上被小雪松枝条遮住的宿营地的屋顶，发现了雪地上母虎刚刚留下的脚印。我不止一次碰到过这样的脚印，我不止一次地想见到并拍下这只美丽的母虎，但都没有成功。母虎一旦感觉到后面有人跟踪，就会灵活地绕到人的身后。它的听觉和嗅觉都特别灵敏，视力也非常好，它紧跟在身后，躲闪着，无论人们怎么努力都看不到它的身影。

就说现在吧，我不抱任何希望地准备好照相机和烟火信号弹，悄悄地沿着老虎的脚印走。脚印经过几棵雪松之后，突然向北坡急转直下。它是嗅到我在附近了吗？不，不像是这样。好像下面有什么东西吸引了老虎吧。或许，它听到了什么动物的动静？

我尽可能不发出任何声响顺着脚印走着，还特意选择了小树林里比较宽敞的地方，避开灌木丛和树木。前面的山坡上有一块岩石。母虎的脚印先是到了岩石的顶部，然后跳了下来，从岩石后面继续向山下延伸。

我小心翼翼地爬上岩石，发现母虎在这里站了相当长的时间。它在仔细地观察、嗅闻、倾听着什么。我也仔细地环顾四周，却什么可疑的东西也没发现：北风不徐不疾地吹着，好像它已经厌倦了整个冬天都在刮来刮去的风，或者它只是累了。一阵气流掠过，蓬乱的橡树叶沙沙作响。蔚蓝的天空，飘着一朵朵的云，风吹过白桦树，它富有弹性的红树枝摇曳不止。而山雀和五子雀在焦急地喳喳叫着寻觅食物。

我小心翼翼地从岩石上下来，绕过它往下走。一下子引起我注意的是几排新鲜的往返岩石的脚印。母虎夜里和早晨不止一次地来过这里！我手里拿起照相机，准备好烟火信号弹，小心地看了看岩石下面……我看见了……在一个小洞里……在一块干燥的铺垫上……有4只小虎崽！！！

这是真正的幸运！！！这是真正的幸福！！！我急忙给它们拍照，每秒钟都要回头看一眼：上帝保佑，千万不要让虎妈妈这个时候回来啊！但上帝却偏没有保佑我，在下面的树干之间，母虎的红色身影一闪而过……它看见了我，吼叫了一声，冲向了虎穴！……

后来我打印出了照片，很长一段时间我都不敢细看它们，因为每一次看照片，我的双腿都像被恐惧禁锢住了一样，不寒而栗……

这是一次独特的成功拍摄：虎穴里有4只刚出生不久的小虎崽，它们愤怒的妈妈跳跃着扑了过来……在它离我只有5米远时——只需要再跳跃一次就可以扑倒我的时候，我手里的烟火信号弹让它停了下来。

鬼迷心窍

我做过一件可耻的事，当时我不知道自己是怎么了。正如俗话说的，当时我真是“鬼迷心窍”了。现在只要一想起来就觉得羞愧万分，但事情已经发生了。

我早就怀疑洛帕列夫三兄弟经常偷猎，但始终没能抓到他们偷猎的现行：他们三个动作特别快，而且小心谨慎。每当下雪时，他们都会巧妙地抹掉痕迹，以至于很难找到他们分割猎物身体的地方，而且他们在确保没人发现他们的行为之后，经常在狩猎的第二天，不带任何武器地把猎物的肉偷偷运走。

但有一次，“冤家路窄”的事情还是发生了：我听到了一声枪响，紧接着又一枪，第三枪。我决定直奔枪声而去，这一次，我没有错。兄弟三个人正在分割一头野猪的场面被我撞了个正着。不出所料，他们并没有许可证。

我把他们三个人的不法行为记录下来后，心里很满意，开始从小山岗上往下走。而这时……一只老虎出现了！它威胁地咆哮着，径直朝我冲过来！没有任何办法，我只能爬上橡树。而老虎……也跟着我往上爬树！

这可怎么办呢？我点燃了火柴，朝老虎的脸上扔去。这招还真有用，但并没有持续多久。老虎依然龇着牙，眯缝着眼睛，离我的皮靴越来越近……我不得不掏出写得满满的记录本，把它点着……可是揉皱了的燃烧着的记录本并没有让老虎停下，它闭上眼睛躲闪着，但又低吼着向上爬，离我越来越近了……

我用尽全力大喊救命。洛帕列夫三兄弟听到了我的求救，大喊起来，狂吹着口哨……这时老虎不情愿地从橡树上滑了下来，离开了。

然后我……也爬了下来……右手颤抖着重新记录了救我的三个人的不法行为……我当时真的犯糊涂了。当时我一定是“鬼迷心窍”了！这就是我做过的可耻的事……直到现在回想起来都觉得羞愧万分。

直觉

人的一生中最重要的不是智力，不是才能，不是教育程度，不是金钱，不是健康，不是人际关系。人的一生中最重要的是……直觉。人的一生就是取决于人的直觉。做事情选择合适的地点和时间是非常重要的，需要做出或者说出能有好的结果的事，甚至会保命。我所经历的就是这样的事情。

有多少曾经学习成绩优秀的学生在生活中会取得成功呢？非常少。这意味着什么？这说明智力和知识不是最重要的。与此同时，有很多例子表明学习成绩差的学生在未来生活得很好。此外，并非所有勤奋的人都会成功，也并非所有懒惰的人都生活贫困。并非所有富人家的孩子都对自己的人生感到满意，也并非所有穷人家的孩子都像其父母一样贫穷。

所有这一切其实都与直觉有关，直觉或许是人类主要的本能——自我保护的孪生姐妹。依靠本能一个人可以活得很久。没有本能的话，人很快就会死掉。直觉也是这样。凭借良好的直觉，一个人在哪里都可以生活得很好。当然，有时也会面临“困境”，因为人即使有强烈的直觉，但也不听从于直觉，所以就只能如人们所说“听天由命”了。

而最难能可贵的是，直觉也像记忆力和身体素质一样，是可以训练出来的，只要你有提高自己直觉的愿望即可。的确有专门的练习可以提高直觉。这和人的猜测能力训练完全是一样的。准确地猜测是可以学会的，只需要持之以恒地加以学习、练习，就像学习音乐一样。有些人学音乐很轻松，有些人则可以说是“熊踩过耳朵了”，完全没有音乐鉴赏能力。

比如说我吧，就没被熊踩过耳朵，我的直觉便训练出来了。

我总是用树根为自己削一个大拇指一般粗细的轻便木棍，而现在我突然打破了惯例，用榛树树干削了一个比大拇指粗两倍的木棍。我突然产生了一个想法：万一有一棵大人参能碰到我的粗木棍上呢？这是直觉吗？就是直觉！

我拿着这根很沉的木棍走了一整天，虽然很不方便，但我也没扔掉它，我也没再削另一根轻便的木棍。不知为什么，我竟忍住了。是直觉吗？当然是了！

在适当的时刻，在周围没有任何危险的迹象时，不知为何我的双手拿着这跟木棍的细尖那一头，中间部分扛在了肩上。或许是因为我的手累了，或许是这样拿着更轻松、更方便，又或许是因为传来一阵隐约的沙沙声。总之，我就想这样拿着木棍。或者说，是直觉给我发出了信号，它说：“请做好准备！”

就在这时，从倒木后面斜蹿出一只斑斓大虎。很显然，树丛影响了它的跳跃，它跳的高度还不到一米，它的前爪看来也陷进了石头的缝隙里，老虎就这样以前爪扎地的样子出现在我眼前。这时，我用尽全身力气拿着沉重的木棍冲着它劈头盖脸地一顿乱打。

老虎大吼了一声，然后……倒下了！老虎躺在那里，眨着眼，露着利齿，喘着粗气。

这时直觉提醒我："快跑！""我手捂着屁股，按着蛇形的方向跑着穿过菜地！"我的祖父这样告诉过我，他参加过斯大林格勒战役，他在前线侦察时就是这样跑的，这样跑才能成功躲过迫击炮和子弹。

于是我也这样跑。先是往坡下跑，穿过树丛，然后跑到一个干净的地方，向左急转弯，跑过一个小山丘，这时还能听到后面老虎的吼叫声。幸好微风向我这个方向吹来，老虎失去了寻找我的线索。它的怒吼声离我越来越远。而我站在一棵枝繁叶茂的枞树旁，已做好了随时向树上爬的准备。这次我听从了自己的直觉，它让我放下心来并给了我一个大大的褒奖。

一件惊险的事

（致彼得·彼普科）

我给了它一刀……我像刺野猪一样刺向了它……幸好这是一把带长刀刃的日本刺刀。我刺入它左前肢下的胸膛，还使劲地转了一下，我已经拼劲全身的气力……

我无力地仰着头，一束阳光好似闪烁的星光沿着我的鼻梁斜射着我的眼睛，而真正发光的并不是这个斜射过来的集中于一点的自然光，而是人类伟大的意志、强大的精神和顽强的生命力绽放出来的内在光芒。我的眼睛在茫然地寻找着已经远去和模糊的记忆。我不确信地环顾着四周，品味着，回想着，勉强地分辨着，艰难地识别着——是的，是的，不会错的，这是我干的，是我干的，毫无疑问，这是我干的。

和往常一样，我们三个人一起去打猎。我们找到了野猪刚刚留下的脚印，循着脚印往前走。我们首先需要弄清楚野猪去了哪个方向或者野猪现在所在的位置，然后再决定该如何捕到它们。

野猪的脚印沿着斜坡一路向上，我的两个同伴落在我身后一点。尽管我小心翼翼地悄声走着，仔细观察着周围的动静，但还是在马上走到老虎跟前时才发现它。老虎趴在被它压在身下的野猪身上，它看到我发现它了，立即吼叫起来，迅速向我冲来，扬起一团雪尘……

接下来发生的一切就像是电影里的慢镜头一样。我试图瞄准虎头，但还没来得及瞄准，老虎就在一片雪尘中一跃而起，迅速向我扑来。最后，我找准时机扣动了扳机……但子弹并没有射出，因为我忘记关掉保险。我放下卡宾枪关掉保险（事实证明，打猎用卡宾枪这一点很不方便！与 SKS[1] 一样！），但是我已经来不及了。老虎离我只有两步远了，它支起后腿站立了起来，抬起张开的钢铁一般的利爪，向我扑了过来。它正好扑到了卡宾枪和我的右手上。卡宾枪掉到了雪地上，我的右手臂也耷拉了下来。老虎再次立起后腿站起来，我伸着左胳膊，因为左胳膊肘被老虎的白色尖牙死死咬住了。它的尖牙轻松地咬穿了我的衣服袖子，我能感觉到左胳膊肘传来的剧痛，我知道老虎的上下牙已经咬住了我的衣服袖子，但没咬到我的胳膊。我的左手在它的嘴里，已经碰到了它的后槽牙。老虎也明白无论是它的尖牙，还是伸进外套里的利爪，对我都没造成伤害。它松开了尖牙，再次咆哮着向我扑过来。我用左胳膊肘撑着身体。还故意把它伸进老虎嘴里。老虎想使劲把我撞倒，但我往侧面歪了歪身体。它松开了尖牙，再次向我袭来……

……我身上穿的是最结实的军用冬装粗呢大衣。原来，它不仅能减缓子弹穿梭的速度达 10% 以上，还能抵挡老虎的尖牙和利爪！老虎的牙齿和爪子卡在了这件粗呢大衣上！

1　SKS 半自动步枪，是苏联著名枪械设计师谢尔盖·加夫里罗维奇·西蒙诺夫于第二次世界大战期间设计的半自动步枪。——译者注

我不清楚这场慌乱持续了多长时间。躲在树上的两个同伴不敢开枪，担心会射到我。老虎执拗地一次又一次跳起，用爪子抓住我，打我，试图把我按倒在地，但怎么都按不倒我——我每次都躲开了，而且一直站着，与它搏斗，始终没有倒下。

最后，老虎累了。它侧身呼哧着向后退，开始贪婪地抓着雪，喉咙里发出低吼声，退到了一边。

我也勉强地站住。我早就想直接坐在雪地上休息了。

就在这时响起了枪声。朋友们觉得老虎并不想离开，他们想尽快将它赶走。但是老虎听到枪声大吼一声，再次向我冲了过来！

我突然意识到我已经站不住了，身上已经没有丝毫力气了，老虎如果再猛扑两下，我就会彻底摔倒……当老虎跳到我面前时，我拿出了刀子，再次将我的左胳膊肘伸进它的嘴里，然后用麻木的右手拼劲最后的力气给了它一刀……

我给了它一刀……我像刺野猪一样刺向了它……幸好这是一把带长刀刃的日本刺刀。我刺入它左前肢下的胸膛，还使劲地转了一下，我已经拼劲全身的气力……

幸运的一天

这是很早以前的事了，还是在苏联时期，那时候滨海边疆区的国有工厂和林场都在加工野生人参做出口贸易，每个在编猎人或林场职工都要完成计划任务。当时的工厂只收购重量超过10克的人参，而在1976年以前，如果你还记得的话，人们都去挖人参，3克重的人参就能卖到每克80戈比，职工们都赚到了钱。所有人都努力完成任务，因为如果没完成任务，第二年就会被减少工资额，而那些超额完成任务的职工则会被加工资。谁都不可能连续几年都超额完成任务，很快先进工作者就落在了后面，原来落后的人又成了先进工作者，然后再颠倒过来。体制就是这样睿智，在没有增加收购成本的条件下不断调动积极性，激励了先进，鞭策了后进，同时也做到了泰加林自然资源的合理利用。

那天我特别走运，还一连走了两次运。我先是找到了一大片人参。我走到泰加林里一块林间草地时简直不敢相信自己的眼睛：整块草地上都是人参红艳艳的果实。我激动得眼前一阵发黑。我跪在地上祈祷了很长时间。我记得我不是向上帝祈祷，也不是向林神祈祷，而是向参王本身祈祷。

后来我平静下来，去河边打了一趟水，点燃起篝火，把锅悬挂到了上面，而我自己仍然无法从震撼人心的美景上移开眼睛。我喝了许多茶，点起了赶蚊子的熏烟，选了一棵有 6 片叶子的最大的人参，就开始挖参。我耙开枯枝落叶层，剪掉了人参地面上的部分，把它放到了一边，然后用小木棍小心翼翼地挖着草根土，越挖越深。先看到了人参的“头发丝”，然后是人参的“头”，接着是人参的“脖子”，再然后是它的“身体”。当我看到直径有大胡萝卜那么粗的人参“身体”时，我的眼前再次一阵发黑，双手开始颤抖：瞧，这是泰加林的珍宝啊！这就是“林场职工的幸福”啊！遗憾的是，“身体”的一半都烂了。大参根在去年雨水频繁的季节坏掉了，没能完整无损地等到我找到它的这一天。如果它不坏掉一半，实际上能有多重，真的很难说，但我判断它至少能有 200 克重。我又挖到了几棵稍小一些的参根，这已是很罕见的幸运啦！准备往回走了，这时远处传来隆隆的雷声，我要赶紧回到猎人的小木屋去过夜。我可不想没有帐篷在篝火旁待上一晚，那年即使已经 8 月份了，还是有很多蚊子。而且我也必须要确定自己所在的位置，否则的话，会分不清东西南北，会迷路的。

我开始顺着小溪往下走，就看到一条动物踩出来的平坦的小路，再往前走还有几条这样的小路。几条满是动物刚留下的脚印的小路横穿过小溪。这是什么意思呢？难道附近有碱土吗？我沿着其中的一条小路走了一会儿，一直走到了小路的尽头，于是我转身往回走，朝向小路的另一端走去。小路变得越来越宽，越来越深入树林的深处，其他几条小路也与之相连。这时我又发现一块非常棒的林间草地，那里有许多梅花鹿、野猪、马鹿和狍子的脚印。林间草地的中间有一个又宽又深的坑——碱土坑！

我在大坑的周围转了转，想辨别一下究竟是哪些动物的脚印！这里所有动物的脚印都有，周围所有的动物都往来于这个碱土坑。我仔细察看了附近的树木，发现没有猎人在这里歇过脚。难道如此好的碱土地没有被人利用过吗？很可能没有。既然没有人发现这里的人参，那就意味着还没有人发现这块碱土地。

我很好奇，为什么野兽们会这么喜欢碱土呢？要知道，其他地方没有碱土它们也一样活得很好的。也许它们还是会吃普通的黏土或淤泥，啃不太硬的石头，喝某些沼泽里的水吗？要知道甚至有许多人类部落也会在食物中添加河里的淤泥和黏土的。

顺便说一句，有一些术语，比如“啃石”（出自希腊语）——吃石头、“食土”——吃土等，这些术语是在1920—1922年大饥荒之后出现的。当时伏尔加河流域和卡玛河沿岸地区发生了大饥荒，人们开始吃土，一种特殊的、好吃的黏土以每普特[1]4万卢布的价格出售。但即使在平时，吃土也相当普遍。比如，委内瑞拉奥托马克部落的印第安人在奥里诺科河汛期两到三个月的时间里，主要以粉质黏土为食，平时还用它生火。在几内亚海岸，非洲人经常把黄色黏土作为食物。在安的列斯群岛，人们经常吃红色的火山凝灰岩土。在波斯、爪哇岛、新喀里多尼亚、印度和玻利维亚也有类似的吃土

1 俄罗斯重量单位，1普特约等于16.38千克。——译者注

现象。在艾哈迈达巴德市[1]，专门有卖食用土的。主要是女人们吃它，一天要吃两杯。土和稻壳一起在铁质容器里被加热，直到它们颜色变黑。雅库特人，尤其是肯姆别佳伊河一带的雅库特人，也经常吃一种淡黄色的软土，他们称其为“塔斯哈雅克”（意为“石头油”）。在鄂霍次克市的郊区，通古斯人会在鹿奶里加入这种软土搅拌，并当作“土质酸奶油”来吃。洪堡湾沿岸的巴布亚人也吃土……

这里的碱土是黏土质的。那么这种黏土吃起来会是什么味道呢？我把卡宾枪放进了树丛里，自己下到坑里，开始仔细地察看。黏土层将近两米，呈黄褐色。我用刀在被舔得发亮的碱土坑上刮掉表面的一层想尝一尝，可万一马鹿的唾液里有寄生虫怎么办？于是我拿刀尖从深层挖了一小块土，把它放进嘴里……咦，味道真不错！有点像微酸的苏打水味道。就像是纳尔赞矿山泉干涸后形成的棕色粉末，那也是这样的味道。或者是晒干的茶叶加了柠檬的味道。这样的黏土我也很愿意吃！

在碱土坑的坑壁上出现了一个阴影……我抬起头……是老虎！一只很大的白虎蹲坐在碱土坑边，好奇地看着我！……我的腿一下子就软了，一屁股坐在坑底一个很脏的水洼里，背靠着坑壁……

我的处境一下子变得很糟糕。血液突然凝固了，呼吸困难，双手开始发抖，恶心……

而老虎更加好奇地看着我，认真细致地打量着我的腿、发抖

1 印度的一个城市。——译者注

的手，专注地盯着我的眼睛，不时地嗅着鼻子：怎么样，渺小的人类，你害怕了吗？

一时之间，我的脑袋里涌进无数个想法。首先想到的是卡宾枪，卡宾枪就在附近，只要我能站起来，从碱土坑里探出身，就可以够到它。但我首先要站起来啊！而且还必须要探出身去！而我现在离老虎的爪子只有4米远！

然后又想到老虎。它为什么全身是白色的呢？没有人会相信，泰加林里会有一只白色老虎。这种患白化病的动物只能生活在动物园里，但在大自然中，它们要么因为健康状况差而病死，要么会饿死，它们不可能捕猎到自己的猎物，因为在晚上，它们的白色皮毛会被所有猎物发现。

老虎安静地蹲坐着，一次又一次好奇地打量着我的全身，仿佛在研究并要记住我的鞋子、裤子、上衣、脸庞——它们是什么样子的，用什么制成的。我也冷静了下来，它要是想攻击我的话，早就跳进碱土坑里来咬死我了，那会像碾死一只野兔一样容易。

“怎么办，怎么办？能怎么办呢？到底该怎么办？”我崩溃地嘟囔着。

老虎张开粉红色的大嘴，歪着虎头，竖起了耳朵，仔细听着人类的嘟囔。它的这种小猫一样好奇的样子突然激起了我的愤怒，我大声吼道：“啊，你这个混蛋！啊，你这个坏蛋！啊，你这个无赖！就因为你，我才待在这个水洼里！”

老虎愕然地向后退去，我的手突然不由自主地抓起一把泥土，丢向一脸困惑的老虎：“滚开！……啊！啊！啊！”随着愤怒的喊声，一团团脏泥巴扔到了白虎的胸膛上。

老虎窘迫地弓起身体……向旁边走去，它突然浑身变成了棕黄色！但我根本顾不上细看和惊讶，我的身体向上一跳，一只手够到了卡宾枪，抓住它，拽了过来，另一只手把着枪杆，关掉了保险，身体迅速转向老虎，但老虎……不见了！

我慌乱地从碱土坑里探出了头，环顾着空旷的林间草地……什么都没有！

我从坑里爬了出来，惊讶地盯着自己皮靴上老虎爪子留下的清晰抓痕，我下碱土坑前特意把皮靴留在了坑边。我再次看了看周围……什么都没有！老虎在哪儿呢？两秒钟内它能跑到哪儿去呢？真是个奇迹！

我内心不安地在原地踏步，感觉稀泥水顺着裤腿直接流到了皮靴里。真是糟糕透了！

我弯下腰，把裤腿从皮靴里拽了出来，拿出刀，用刀片刮着裤腿上的泥。我用余光发现旁边的草丛在微微晃动。我猛地转过头，看到老虎的尾巴像爬行的花纹蟒蛇一样，缓缓地消失在树丛中……接着树枝慢慢地回到了原来的位置……一切都明白了！茂密的丛林中没有了沙沙声，也没有了咔嚓声。

我困惑地盯着沾满泥的刀，脏兮兮的卡宾枪，脏兮兮的双手、皮靴和裤子，忍俊不禁地大笑起来：“哈哈哈哈哈！”

真是幸运的一天呢！

一封信

哎呀，在滨海边疆区的泰加林里会遇到多少有趣的事情啊！从一堆不知是谁在什么时候带到舒姆内河[1]附近猎人小木屋的几本《科学与生活》杂志里掉出来一个小学生的笔记本，从这个本子里又掉出几张折叠起来的纸。我打开这几张折叠的纸，上面这样写着：

最仁慈的主耶稣基督啊！我不知道该如何祈祷，因为我从没信过您。我写信给您是因为我真的忍受不了了！我感觉自己所剩时日不多，可我并不想死，所以我很痛苦。对您我连一句话都说不出来——如鲠在喉，所以我给您写信。我也只能写信了。也许将来有一个人能大声读出这封信，您就能听到我的忏悔，哪怕是通过别人的嘴说出我的忏悔……

请您原谅我从小就蔑视您。我认为孩子的偷鸡摸狗和顽皮淘气不算是罪过，也请您原谅我经常嘲笑我笃信您的祖母。我渐渐长大，身体日渐结实。我不喜欢您疲惫不堪的样子，我不喜欢您被束缚在十字架上，替所有人受苦受难。我也不愿意有人为我受苦。我不喜欢关于来世的童话，既不喜欢地狱，也不喜欢天堂。我不喜欢

1 滨海边疆区内的一条河。——译者注

教堂里的蜡烛、气味、凄凉忧郁的喃喃祈祷和昏暗的圣像。所有的一切，我都不喜欢。

但是我喜欢少先队员的事业。与少先队员有关的东西我都喜欢，包括红领巾、小号、队鼓、少先队之歌和各项少先队活动。与上帝无关的东西我都喜欢。这里没有上帝，哪里都没有。不论是在地球上面，还是在地球下面，又或是宇宙中，还是在月球上……

于是我以不被惩罚的顽皮作风与祖母争辩说您并不存在。后来，我给祖母讲了十字军的暴行、牧师和宗教法庭的蒙昧，以及三K党徒的一些事，把祖母气得流下了眼泪。我证明说，基督教的信徒就是法西斯主义者，他们在战争中杀死了我的祖父也就是她的丈夫。要知道法西斯主义者也戴着这样的十字架。我的祖母波琳娜·季莫费耶夫娜对此无法反驳。她并没有骂我，也没有斥责我，只是小声，但很坚决地请求我别要无赖，既然我是一个真正的少先队员，就该归还她被我拿走的圣像……

波琳娜·季莫费耶夫娜祖母，请原谅我，上帝啊，也请您原谅我！

反正我就是不信上帝，怎么都不信……我毫无顾忌地犯错误，不反思、不假思索、不计后果、不忏悔。甚至当上帝您惩罚我的时候我也不忏悔。您经常惩罚我。我现在明白了这一点。而当时我表现得越发变本加厉。我摔倒了会站起来，拍拍灰，继续往前走，继续作恶。这样才心满意足：既不伤心，也不叹气。我没想到我的内心会如此沉重，就像装着石头的袋子，一直向下坠。而我一辈子都在努力向上爬，用胳膊肘推搡着别人，踩着别人的脑袋也要向上爬……

是的，您知道我所有的罪孽，还需要把它们一一列出吗？起初我想在这封信中写出我所有的罪孽，以减轻自己的痛苦，但我犯下的罪孽实在是太多了！一想起来我就头痛，我心里积压着许多石头，每块石头都在燃烧，火焰一般燎得我难以忍受……

我就不一一列举了！反正总会有疏漏，一时我也想不全，以后还会因此而感到痛苦和折磨。我只写一件关于小虎崽的事吧。我所有的痛苦和折磨都因它们而起……

当时我特别害怕，然后又很生气。我悄悄地靠近了一头野猪，它正在小山坡上茂密的树丛里吃草，我离它非常近，我对它已经志在必得。当时特别安静，树叶发出噼啪的响声，仿佛它们不是树叶而是干面包。所以我开始小心翼翼地蹚着水，踩着石头过河。这时附近传来了嘶嘶声，就像一只大鹅发出的动静。我非常惊讶，泰加林的树丛里怎么会有鹅啊？我站住，就没声了。我一向前走，就不知从哪儿又传来了嘶嘶声。这时，几乎就在我的脚边……突然冒出一只老虎！！！我当时吓坏了！我长这么大从未如此害怕过！

“砰！”我开了一枪。是只小虎崽，一只体型较大的小虎崽，它猛地跳到了旁边，不见了。

我再一看山坡上——那只野猪还在原地。它还在树丛中乱刨着。我再次悄悄地向它走去。

又传来了嘶嘶声，迎面我又看见了那只小虎崽！真是活见鬼！

莫名其妙！难道刚才我没打中？我又开了一枪。小虎崽再次消失在树丛中。难道我还是没打中？我的双手在哆嗦，腿也跟着发抖。

第二次枪响后，野猪警觉起来，它站了很长时间，仔细地听着、嗅着。但我没向它开枪，因为距离很远，树丛也很茂密。我又一次靠近它，但是不知什么东西吓到了野猪，它逃走了。我决定回家，因为太阳要落山了。

当我经过向老虎开枪的地方时，我看到了一只上空盘旋着的乌鸦。难道我还是没打中那只小虎崽吗？我必须去看看。我转身靠近小溪，看到了……有两只老虎！两只都死了，它们还紧紧地抱在一起！

我心里很难受。病了整整一个星期，眼前不断地出现那两只至死还抱在一起的小虎崽。

可是后来……后来我经常生病，而且一次比一次严重。现在我趁着还有力气，给上帝您写了这封信，请您原谅这一切并接受我的忏悔。

2012 年 12 月 31 日

签名（很潦草难以辨认）

老虎记号

（根据 20 世纪 50 年代的轶事改写）

熟悉的小径似小溪般曲折蜿蜒，带领并吸引我沿着日渐干涸的卡尼赫兹小溪的河滩继续前行。无论是小径，还是小溪，都载着水，绕过石头，在缝隙中流淌。只是这条小溪承载的是普通的流动的水，小径则负载着人类的智慧不断前行。小溪一路向下流淌，流向遥远的海洋，那里是所有地表水、土壤水和地下水的汇集之地，是前人的智慧库。而这条小径带着我，越过一道道山岗，上上下下，周而复始。任何一滴水迟早都会注入海洋，我亦如此。

终有一天，我会突然停下脚步，身体里容纳的四桶水都会渗入棺椁和土壤之中，流淌着，或许是悄无声息地、无知无绝地，也可能是吵闹地、欢乐地流入——我体内的原子、分子，我的思想、情感和知识都会汇入海洋。也许正因为这样，海水与人类血液的成分才如此相似。听说，用海水代替血液被注入身体从而救人性命的事情也发生过……

如今海洋里容纳了几千亿人？他们都经过鱼鳃的过滤了吗？还是说他们并没有留在海洋里，而是蒸发了，随着云朵去了某个地方？

还是说，不是去了某个地方，而是回到了他们前世曾经生活过的地方？

我很好奇的是，我的灵魂是否会回到我曾经生活过的地方？我非常希望能够如此。也许它能找到我后代的灵魂并与它们融合在一起。如果一个人没有后代，那么他会魂归何方呢？……

也许，这不是自然界中水的循环，而是人类智慧的循环吗？……

我当时想到了这些，或许也想到了其他事情，谁现在能清楚地记得当时的想法呢？我记得我好像思考过这个主题。还想到过滨海边疆区著名记者尤里·沙德林的短篇小说《小径星座》。这是一部极好的小说！生动、有思想、妙趣横生。

小说讲述的是森林哲学以及与森林有关的人生。可能不仅与森林有关，要知道其中也讲述了人们生存的其他地方——田野、草地、雪地和沙漠。只有在草地上扎根发芽，才能长成参天大树……

总之，我一边在泰加林里的小径上走着，一边思考着这条小径。我挥之不去的思路是：这是一个非常有趣、宽泛并且很严肃的主题。要知道天空中也有小径甚至是大道——鸟儿们沿着这条道路飞翔，这是它们过冬、筑巢和觅食所走的道路。水中也有路——这是鱼儿们游来游去的路。那么只有鱼儿和鸟儿们有自己的道路吗？云朵也一样沿着自己喜欢的路径飘浮……

那么人们的命运呢？如何解释老乡们在莫斯科奇特的相遇，以及在“天涯海角”的不期而遇？只能解释为他们的命运之路交叉在一起……那么恋人之间的邂逅又该如何解释呢？

就这样，我一边沉思着，一边迈过前不久刚横倒在小径上的倒木，迎面遇到了……一只怒吼着的棕黄色斑斓大虎——这个泰加林里最恐怖的存在！

我就像一个在愤怒的将军面前犯错的士兵一样，垂手站在这只吼叫着的老虎面前，吓得目瞪口呆，甚至不敢闭上眼睛，只能眼睁睁地坐以待毙……

而老虎低声嘶吼着，蹲坐在后腿上，虎爪上锋利的指尖在我的脸前方晃来晃去，向右……向左……向下……向上地晃动着……它好像在用爪子衡量着如何把我撕碎……之后，它的低声嘶吼变成了大声的虎啸。它慢慢地将尖利的左爪放在我的右肩上，向下按去，然后抬起右爪放在我的头上，爪尖慢慢地斜划过我的额头，划出来一道深深的疤痕……

然后……它走了。

我却一动不动地又站了很久。血已经不流了，也不再从鼻子尖往下滴落了。太阳在头顶正上方，光线刺眼。而我仍站着不动。

就像小时候，我用弹弓打碎了玻璃，挨了一顿打，被罚站在角落里一样，我老老实实地站着，等待母亲的原谅。母亲每次都会原谅我，老虎这次也原谅了我。

从远处山顶传来它的吼叫声，我竟然从它的叫声里听懂“我原谅你了，你自由了”的内容。我的心放松下来，继续沿着小径向前走去。

我真是太幸运了！毫无疑问，我是个幸运儿！

听人说“上帝总是给恶人做上记号”。那老虎会给谁做上记号呢？恰恰相反，老虎是会给最善良的人做上记号。你们要是不相信，就看看吧。你们可以向人们打听一下那些有老虎记号的人。老虎记号不知何故会一辈子印在好人的额头上。

参王

现在的人参和以前的可不一样。苏联时期，我知道 20 多个人参生长的地方，足够我“完成任务”了。没人会碰我的人参，因为所有采参人都有自己的地盘。我只要看看其中的两三个参地，长成了之后，采一些人参，就可以完成国有林场规定的任务，就完事了。

而现在的情况是，也好也不好。不好的方面是，人参的数量比以前少了很多。20 年来，失业的人几乎找遍了整个泰加林，人参也被扫荡得干干净净，哪怕是最小的参也不被放过。所以现在的挖参人应该知道 100 多个参地，每年去其中的 10 ~ 15 个参地检查：看看哪里还有人参，还剩了多少人参。第二年再检查另外 10 个参地，以保证一块参地每十年能被采集一次。因为人参长得特别慢，10 年里只能增长 10 ~ 15 克，只有这样的人参才能出售。

好的方面是，大个头的、年头久的人参现在特别贵，这时你可以讨价还价。而小个头的人参卖相好，也就是非常漂亮，也可以卖个好价钱，比黄金价格高得多。

漂亮的人参应该有“参芦”“参条”“参根”“参须”“圆芦”和“颜色”。“参芦”要大一些，“参芦”和“参条”应长于两根手指的宽度，大约 3 厘米。总的来说，人参越长越好，年头越久、越漂亮就越贵。“参根”中不细不粗、不短不长，比例像人体一样匀称的，才值钱。“参须”即人参的细支须，价格也是根据长度确定，同样越长越好，但是“参须”不能太多。“参根”的上部，在“肩膀”的位置，应清楚地看到“圆芦”，即一圈圈的环状横纹。“圆芦”上不应该有茎痕和裂隙。人参的“颜色”应该呈黄褐色……

一个老挖参人兴致勃勃地讲着辨识人参的学问，他讲述着人参一般会长在哪些地方，长什么样，在哪里能找到个头最大的人参。

人参能生长在各个地方。但每个地方的人参数量都不多。它很少在几百平方公里的区域内连成一片生长，一般都是单个的，或者是个头不大的几株人参连在一起。它常见于山顶、河滩、山坡、山崖、乱石堆以及人迹罕至的树丛。一般长在雪松、白桦树、橡树、山杨、云杉、冷杉、赤杨、榆树、杨树、枫树、椴树的树下，甚至山羊柳树下也会有人参，滨海边疆区南部阴面的山坡都有生长。在榛树下、草地上、荨麻下、蕨类植物下、胡枝子树下，甚至在杜鹃树下，几乎所有的地方都会生长。但想要找到人参可不是那么容易！很可能在泰加林里一连找上几周都一无所获。也可能喝上一星期的酒，然后出门走到最近的树丛，一眼就能发现那里有一棵好人参，甚至是它的整个家族。

挖参是一件完全不可预测的事。有可能在几个小时内暴富，也有可能一连多年只能勉强维持生计。因此，对这件事需要有极大的兴趣、热情，以及疯狂，就是对人参要真正地痴迷。

每个挖参人的梦想就是找到参王。参王有什么特征呢？只有上帝才知道。它应该是与众不同的。最主要的特征就是个头大，重量超过100克。这是一种很贵重的人参。它的茎可能不粗，但一定不同寻常。它可能有6片甚至7片叶子。比如它有可能是双茎，可能有两个或者三个“参芦”。最主要的是，它是整个人参所在区域的中心，周围丰富的植物都是由它繁衍出来的。有很重要的一点，它身边一定是有老虎守护的，让挖参人不敢靠近参王。或者它能化身为林神，在风和日丽的天气里突然弄倒树木，折断树枝，从陡坡上往下扔石头……

“我找到了自己的参王。真的，那是很久以前的事了。我找到了，总之是一次偶然的机会，在狩猎时发现的。没错……”

泰加林挖参人跪在篝火前，从小酒壶里倒出一点伏特加酒浇到火上，并把随身带的少量食物都拿了出来——面包、猪油、肉、两颗水果糖。

“这是祭祀林神的。”他解释说。他的眼睛盯着火苗，火苗因为被浇了伏特加酒，烧得更旺了，发出噼啪的声音。他用小木棍扒拉着烧焦的树枝，直到被烧成灰烬，他再继续扒拉另一堆树枝。

“我当时正在打猎，循着马鹿发情时的叫声寻找马鹿。那年的秋天很漫长，马鹿发情期在9月中旬才开始。我一心想爬到又陡又高的山顶上。我想，一方面，在山顶上我可以听得更清楚，另一方面，如果马鹿对叫声做出了回应，我能更容易判断出它在哪里，更便于我选择一个合适的射击位置。

“我发现了一头公马鹿，开枪，马鹿应声倒下。我记住它周围的树长什么样之后，从山顶往下走，但它离开我的视线也就一分钟左右，等我再走到那个地方时，那头公马鹿竟然不见了，从远处传来野兽离开的脚步声。我判断了一下，这个伤虽然不是致命伤，但很严重，它每走一步，伤口里就会涌出很多血。我尽可能不发出任何声音，在这条满是血迹的小径上跟了过去。但是那头公马鹿听到了我的动静，拼尽力气从满是血迹的藏身之处爬了起来，花费了很长时间，向山下的一个又窄又陡的山沟走去，那里长满了五味子、狗枣子和刺五加。它好几次都离我非常近，但在我每次向它瞄准时，它就换一个地方。真是邪了门了！我气得大骂自己是废物，说服自己必须要站在原地等半个小时，等公马鹿平静下来，没力气了，再去靠近它，或者等它站不起来了，再靠近。但实际上，我并没有停止开枪，直到弹夹里的子弹都射光了为止。这时，我坐在一棵倒木上，抽起了烟，装了一弹夹子弹，决定等上半个小时。

“半个小时过去了，我再次尝试偷偷靠近它。真的，这次我成功地靠近了马鹿，一枪结束了它的痛苦。

“这头漂亮的公马鹿的鹿角长长的，它躺在了陡坡的边缘上，我把它推下陡坡，一直推到了小溪边上。然后我拿出刀子，准备处理。

“天气无风而干燥，所以我听见远处有什么东西朝我这个方向走来的动静。我在小溪里洗净刀子和双手，拿起卡宾枪，躲在一棵树后面开始等着。我期待着走近我的是野猪、熊、另一头马鹿、猎人，甚至是狩猎检查员。但我等来的却是一只大老虎！

“它低着头，时不时地嗅着并仔细看着地上的枯枝落叶，它的耳朵不停地动着，捕捉着森林里的声响，尾巴弯成了弧形，深色的尾尖有节奏地甩来甩去，从左向右，又从右向左均匀地甩着。

“老虎从远处发现了我。它立即停了下来，慢慢地抬起了头，开始使劲地嗅着气味。但我一动不动，桦树的树干遮挡了我半个身体，它没看见马鹿，因为马鹿被我放在了大石头后面。很显然，老虎把我当成了一个奇怪的树瘤，它没捕捉到任何气味，就不断地环顾着四周，跳过冲沟，爬到了陡坡的上面。

“这时它感觉到了我的存在。它咆哮着，弓起了背，径直地向我走来！我吓坏了，站起来，嘟囔着向后退回小溪的上游。老虎走到马鹿跟前，开始嗅，吼叫声比刚才更大了。一直在嘶吼着，直到我离它很远一段距离了，它还一直在嘶吼着。

“我在小溪边的树丛里穿行，我觉得这样才会安全一些，因为钻进去要发出很大的动静，我知道老虎不可能钻进这样的树丛里，所以，它无法再靠近我。

“我钻进了树丛，全然不顾周围的植物，还不时地回头看看。当我又一次回头看时，我笨拙地摔倒了，一只脚被藤蔓缠住了，膝盖摔得生疼。我走到一个干净的地方后，坐到了一块突出的长满青苔的石头上，一边揉着摔伤的膝盖，一边环顾四周。这时我发现我旁边有一株植物，红色的茎秆，叶子发黄，有点像柠檬的颜色，像芍药，但还不是芍药……是人参！旁边还有，还有！整个空地全都是人参！

“我全然忘记了一切，深深地被人参迷住了，我从一株植物走到另一株植物，直到我看到一个极大的黄色的双层伞，茎秆像手指一样粗——这就是参王……

“是的，要是现在能找到这样的参王，就会成为富人。而当时……我用这棵人参换来的钱盖了房子，买了一辆车……”

挖参人挥了挥手，从火堆上取下一根烧焦的木头后深叹了口气，滑稽地吧嗒了一下嘴，抽了一口烟，陷入了沉思。他的瞳孔中闪烁着幸福的光芒，他目不转睛地看着火光，叹了口气，又微笑着。

猎虎者

夜晚时分，达利涅格尔斯克市一个挡着窗帘的嘈杂喧闹的小餐馆里，就在音乐声暂停的时候，玻璃杯发出“啪”的破裂声，声音并不响亮，却出乎意料的清晰，传遍了整个餐馆。室内依然缭绕着一团团的烟气，刚才聊得热火朝天的人们突然都停止了说话，转头看向角落里的小桌子那边，又转回头。

一位中等个头、淡褐色头发、身体结实健壮、目光犀利、眼神中透着一丝冷漠和阴沉的中年男子，一边用手帕缠住被玻璃杯划出血的手掌，一边爽朗地笑着。

“失败了！”他抱歉地向对面的人解释道，“我以前成功地捏碎过很多玻璃杯，没有任何刮痕，可这个玻璃杯……太结实了，与其他的杯子不一样……”

快速跑过来的服务员习以为常地把玻璃碎片收到托盘里，它与不锈钢托盘碰撞而发出尖细的叮当声，融入了小餐馆里嗡嗡的嘈杂声之中。小餐馆里更加热闹了，人们都在谈论着泰加林的话题，就像是泰加林里飓风爆发之前发出的呼啸声。

“猎虎者……猎虎者……猎虎者……”餐桌之间回荡着一个人们不大熟悉的词。

女人们的目光好奇地投向这个角落，男人们则突然想起自己以前打猎时的种种英雄事迹以及捕虎的各种经历。

而这个猎虎者特别亢奋，他的手掌缠着血迹斑斑的手帕，流畅优美地左右比画着，断断续续地抛出几句捕虎的技巧和经验。

“机灵而镇定的猎狗总能成功躲过老虎的追捕。这里最主要的是它要早早地嗅到老虎的气味，没有丝毫的惊慌。我再说一遍，没有丝毫的惊慌。”整个餐馆里都能听到他低沉的嗓音，“要么跑远，要么藏起来。你想想，猎狗要是惊慌失措了，它就完蛋了，或者，如果它跑到主人的身边，就会使主人面临被老虎攻击的危险，有时还由于它的冒失主人被按翻在地……”

餐馆里安静了下来，大家不约而同地认真听着与这个新奇职业有关的奇闻轶事。这里所有的人，包括飞行员、海员、渔民、工程师、建筑师和商人都在认真地听着，所有人都非常感兴趣：猎虎者需要什么样的猎狗，猎虎者应该穿什么样的衣服，猎虎者在泰加林里适合吃什么食物等。

“什么是具有攻击性的老虎呢？”猎虎者大声而威严地问道。餐厅里彻底安静了下来。所有人，甚至女人们都开始不解地面面相觑，好像要在彼此的脸上寻找这个意想不到的问题的答案，但却找不到。

“遇到攻击性的老虎——必死无疑！它就是一辆疾驰着的坦克，或者是一枚发射中的弹道导弹，或者是一道色彩斑斓的闪电，或者是……或者是……切巴尔库里斯克的陨石，”他找到了最恰当的比喻词，“必死无疑！没有活路！朋友们，你们明白吗？”

猎虎者欠了欠身，环顾了一下昏暗的周围，眼神绝望，目泛泪光。

“你们明白吗？必死无疑！处于攻击状态下的老虎在三秒钟内能飞越50米的距离！朋友们，你们能明白吗？三秒钟之内！50米！穿过树丛，穿过倒木，只需一下、两下的跳跃就到了你面前！当然，或许你来得及开枪，或许你会击中它的要害，但它即使受了致命伤，仍能在三秒钟内飞越50米！这一点它是绝对能做到的！……”

场间休息之后回来的乐手们本应该开始继续演奏了，但他们互相交换了一下眼神，也认真地当起了听众。

猎虎者继续说道：“我们是人，会说话，都识字，但我们互不理解，既听不到对方的声音，也感觉不到对方。我们互相制造障碍，为了钱，我们时刻准备争个你死我活。而老虎能感觉到我们人类的存在！泰加林因为有伐木工人、挖参人、采菇人、猎人、渔民、游客们而变得热闹不已，尤其是在夏天。几万人在泰加林里！有谁看见过老虎吗？几乎没人见过！因为老虎一遇到人就躲开了。它感觉到人来到这里就躲开了……”

“那么，母虎是怎么教会小虎崽们捕猎的呢？母虎不用语言就能告诉它们应该藏起来趴好，直到它把野猪崽们赶到它们面前。小虎崽们趴在冰冷的雪地上一连几个小时耐心地等待着，它们按照妈妈的嘱咐等着野猪崽们。它们既不打闹，也不站起来，就趴在雪地上静静地等着。怎么做到的啊？母虎是怎么不出声就能做到这一点的呢？怎么做到的呢？母虎是怎样教会孩子们算术的呢？怎么教的呢？母虎数出野猪的头数，不出声地下达指令，让小虎崽们只能咬死最后面的两头野猪，也就是第16头和第17头，这样才能不惊扰到整个野猪群。它们趴着埋伏起来，数着1，2，3……14……15……准备好！16……开始进攻！”

“唉！”猎虎者一巴掌把5000卢布的纸币拍在桌子上，向服务员点头示意钱在那里。他站了起来，低着头走出了餐馆。

他的身后响起了一阵迟来的掌声，有人大喊：“好极了！”随后响起来阿根廷作曲家阿利埃尔·拉米雷兹的作品《弥撒亚》美妙动人的音乐，也就是电视节目《动物世界》里播放的深受大家喜爱的那首曲子。美妙而动人……

挖参热

（致我的祖父莫扎耶夫·亚历山大·基利洛维奇）

滨海边疆区的泰加林里又热闹起来。开始的传闻就像微风吹过山岗，人们只是在小范围内议论着在奥莉加湾地区又找到了一棵200克重的大人参。这股风开始只是微微拂动橡树树冠，然后轻轻扫过雪松树顶，转瞬间它就变成了大风，不断积蓄着力量，不断撼动着树木，几座小山岗上变得热闹不已，不断涌来的外来者们也纷纷加入了敲敲打打的挖参行列，“挖参热”开始了。男女老少都来到了泰加林，都希望挖到一棵好人参。即使远远不到100克，只要它品相好、没有瑕疵，就是一棵好人参。

“在‘开阔的地带’找到人参是最难的事情，那里既没有小山沟，也没有小山丘，人参没有可‘依附’的地方，它很难找到自己的方向。”

“什么是‘开阔的地带’呢？就是指没有茂密树丛的森林，但想要再次找到这个地方——可是个难题。这时必须非常仔细地观察周围的树木，要记录下来，并画出它们的样子，记住哪棵树是歪斜的，哪棵树是弯曲的。要知道这里并没有其他的参照物。”

只要有人问道：“你们这里的泰加林怎么样啊？”年老的挖参人就会立刻开始津津乐道地、热情洋溢地、兴致盎然地谈起这种极具传奇性的行当。

“泰加林是这样的。你看地图，会觉得这里的一切都很简单易懂。但一旦你进入泰加林，就一切都变了。周围什么都没有。晴天还好，能分辨出哪里是南，哪里是北。指南针也不是一个靠谱的东西，很可能会误导你。因为小山岗里有很多铁矿石，它们经常会让指南针的指针发生严重偏离。”

“而你再去泰加林时，你会不知道怎么走出来。你可能会迷路——泰加林的林神会让你在里面一圈圈地走，你会反复地回到同一个地方。你也可能怎么都翻不过那道沟或者山谷。什么事情都可能发生……”

而小山岗就像钟声吸引信徒一样，它们以自己的方式一刻不停歇地吸引着人们去山里挖参。

“……什么事情都可能发生……”挖参人抬起头，用审视的目光从下到上地打量着我，然后又从上到下，好像在依次检查我的鞋子、衣服和脸，在考量这个话题是否能进行下去，我是否准备听、是否能理解和感受到他从小所经历的一切，是否能理解他多年来已形成的根深蒂固的看法——决定了他一辈子的看法。

“您是从什么时候开始挖参的呢？”

“什么时候开始的？什么时候开始的……”波尔菲里耶维奇向上挑了挑眉毛，有些慌乱地看了看脚下，仿佛他刚才把答案丢进了草丛里，然后眼睛突然发亮地看着我，“找到了！我找到了！”

“是这么回事……是的！真是命运的眷顾啊！那么你坐下……”

我们坐在了一棵倒木上。这时已是滨海边疆区的早秋，周围的美景难以用语言形容：透过树冠的缝隙可以看到9月瓦蓝瓦蓝的天空，小草和树叶都长得特别翠绿，这种翠绿色很快就会变成金黄色、火红色，最后直到它失去光泽，干枯、腐烂……

那时我11岁，喜欢读有关旅行、地质学家、淘金者、猎人、野兽和鸟类的书籍。每次我功课做得不好的时候或一有什么事的时候，妈妈就会指责说，都是这些书的罪过，都是因为我喜欢读成年人读的书——“你的朋友们还在读童话故事，而你却看起了阿尔谢尼耶夫的书！”

我当然也读了童话故事。我尤其喜欢读朝鲜、中国，以及乌德盖人和那乃人的故事——只要有关于老虎的故事，我都喜欢。我特别喜欢老虎的样子和老虎的各种行为表现，它是泰加林里最强大、最神秘的动物。

有一次，我在一本书里读过，这个最重要的野兽是最重要的生命之根——人参的守护者。我还读过这样的传说，人参产生于闪电，因此最好的人参看起来一定像闪电的样子。

当我们坐在克里瓦亚峡谷直升机的停机坪上，在一群休息的母牛之间吃午饭时，我莫名其妙地问了爷爷这件事是不是真的。爷爷说：“瞎说。只有在童话故事里老虎才会守护人参。而闪电最常发生在山顶。山顶上当然也会有人参，但非常少见。”

“我们走吧，”他说，“趁着母牛们在这里休息，我带你去看看以前人参生长的地方吧，也许我们会找到人参呢！”

“人参长什么样啊？”

“呃，它的叶子和刺五加的叶子一样。茎很光滑，有点浅红色，或者暗红色。从远处看……像你奶奶窗台上的天竺葵。只是天竺葵开的是花，而人参结的是红色果子。你要是看到了红色果子，就叫我。”

我们从山沟底部往上走，在一棵雪松附近停了下来。

“1957年我的大儿子尼古拉就是在这棵雪松下面找到了一棵上好的人参。我在这棵雪松的树皮上做了一个记号。”

爷爷用手指了指树干上与我齐胸高的位置的一块颜色比较深的树皮。

“这就是树皮记号。发现人参时，就会在旁边的雪松树干上用刀去掉一块树皮，用这块树皮做一个小盒子来运输和保存人参。等再来这个地方时，点着这个位置上积攒下来的松脂，这个记号就变成黑色的了，这个位置上就不会再长树皮了。我们继续走吧，这里什么都没有。你要是看到红色果子，就叫我。”爷爷又提醒了我一次。

“这里没有老虎吗？”

“没有。母牛们安静地躺在这里呢，这里没有老虎，你别害怕。”

我们不慌不忙地沿着榛树丛生的斜坡往上走，在草和蕨类植物中寻找红色果子。我特别想找到人参，但没看到任何与它长得相似的东西。

“没看到，”爷爷说，“我们回去吧。”

我很失望，低着头看着脚下的植被，跟在爷爷后面往回走。突然，我用余光看到了一抹闪烁的红色。

“人参！”我立刻毫不犹豫地大喊出来。

“不可能！我们刚从这里走过。”走在前面的爷爷迟疑地站住了。然后，他犹疑地向我走来。

“在哪儿呢？”

“在那儿，树后。”

“哦！你太棒了！”几棵椴树苗后面的一个小坑里有一簇人参。

“你太棒了！”爷爷摇着我的手说。

“你太棒了！足足有 12 棵人参啊！”亚历山大·基利洛维奇爷爷兴奋地重复着。

我们回到了母牛那里，把它们赶回了村子。

安娜·帕夫洛夫娜奶奶对我们带来的好消息别提有多高兴了！她不停地在夸我们两个人！当我看到奶奶那么高兴时，我第一次感到自己作为男人的担当，奶奶的高兴让我感到特别的幸福。

清晨，天刚蒙蒙亮，我们就起床了，集合，出发去挖参。爷爷在挖参，而我在周围走来走去，仔细察看每一棵小草，万一我还能找到人参呢？

我走着走着，走累了。我站住，下巴抵在木棍上，看着爷爷。而爷爷不会抽烟，一边轰着蚊子，一边耐心地、小心谨慎地挖着人参。

真无聊！我看着脚下，而脚下……居然有人参！沉重的红色果子垂到了地面，所以才没被发现。

“爷爷，这里还有人参！”

“不可能！”他说道，但还是向我走了过来。

“哦咿！真是好样的！还有14棵！”

但这里有一只老虎离得非常近，我听到了它的吼叫声。我全然不记得我是怎么跑到亚历山大·基利洛维奇爷爷身后的。而爷爷不慌不忙地从背包中掏出一把斧头，使劲地在树干上砍了一下。树干一阵颤动，带动了所有的树枝和树叶哗哗作响。回声像是给了老虎一记响亮的耳光，这就叫“以牙还牙”。

“滚开！”爷爷大喊道，“你安静地站着，别害怕。”

“真不是扯谎啊！滚开！”

“什么不是扯谎啊？”我问。

“老虎守护人参不是扯谎。滚开！”

我的耳朵里不断响起爷爷用斧头砍树干的声音，还有老虎的吼叫声。老虎并没有露面，它低吼着，在树丛里转了半圈，树丛里发出了阵阵沙沙声，它慢慢地走开了，还发出了短暂的咳嗽声。

“好了，人参的守护者已经走了，”爷爷说，“它是来检查是谁闯入了它的领地，看看是不是比它弱的家伙。我们可不是胆小怕事的。我们把它吓唬住了，所以它离开了，去守护另一处人参了。你真是好样的，一点都没害怕！”

爷爷将人参上交给国有农场，把得到的钱平分了，特别正式地把其中的一半给了我。117卢布！我人生中的第一笔工资！那时候工程师才能挣到这么多工资呢！我骄傲地把这笔钱给了我的妈妈！从那时起，我一次也没错过挖参的季节。虽然在挖参季里只去过一两次，但我也要走遍泰加林。我会一直去泰加林的，只要我还能走得动……

滨海边疆区的泰加林里热闹非凡，挖参人的说话声不绝于耳。泰加林既要因为不同寻常的热闹而兴奋，又要忍耐自己不理智的孩子们的烦扰。当然还有褒奖。泰加林褒奖所有人，包括劳动者、懒汉、正直的人和犯过错的人，都或多或少地会得到馈赠。可能是这个人，也可能是另一个人。可能是在这里，可能是在那里，也可能是在其他地方。只要有人参，只要有人成功挖到过人参，只要有“挖参热”，这种褒奖和馈赠就会一直存在。

毫无用处

（根据别涅伏斯克村的放牧人帕拉莫诺夫的讲述整理）

这件事是再普通不过和再平常不过的事情了，我当时正在采蘑菇。就在这附近，在村外，可以说是在村边的一排房子后面。那里有一个小山坡，顺着坡势有一条小冲沟。我沿着小冲沟往下走，不时环顾着陡峭的山坡：牛肝菌巧妙地躲藏在稀疏的小草和落叶之间。在坡顶很难发现它们，而在坡底，它们竞相破土而出，好像在比着谁的速度更快。

我开始采长得最快、最茂盛的牛肝菌。有人已经追过了自己的同伴。我全神贯注地采着，全然没有注意到头上的动静。当我发现有动静，回头看了一眼之后，唯一能做的就是慢慢地蹲下，瑟缩成一团，双手抱着后脑勺，等死——我的头顶上，在峭壁边上，站着一只大老虎……

我清楚地听到小草在老虎的爪子下发出的沙沙声，去年的落叶发出的咯吱声，我甚至可以想象到它的爪子紧抓着小草和落叶，正准备纵身一跳……

我能听到它断断续续的呼吸声——它马上就要跳了……

这是我生命里的最后瞬间了，不知为什么我还是无法直面死亡，对死亡始终心存恐惧，而这一瞬间感觉到的是难以名状的空虚、弱小和无力……

我是如此地眼拙……看不到蚊子细长的蚊足。

我是如此地耳聋……听不到我手指弯曲的声音。

我是如此地愚笨……每走一步都会踩到10片落叶。

我是如此地虚弱……不能长跑，总共只能跑上100公里。

我是如此地沉重……即使在最咸的海水中也能被淹死。

我是如此地迟钝……嗅不到附近花园里玫瑰的气味。

我是如此地粗心……记不住我祖母头上有多少根白发。

我是如此地平庸……无法描绘出我心爱的人有多美丽。

我是如此地麻木……无法理解女人的想法。

我是如此地无能……不能向每一颗星辰讲述我的爱情。

我……是如此地……毫无用处……

然后老虎……走了。

它不需要一个如此一无是处、毫无用处的人。